Der Waffenmeister

Arnulfs siebentes Abenteuer

Eine Geschichte aus Bergisch-Bachland und der Niedermark

von B. Kietzmann

Personenregister

Arnulf – Freiherr von Bergisch-Bachland
Antje – Freifrau von Bergisch-Bachland
Ove – angehender Heiler, Arnulfs Sohn
Karls – ein alter Freund und Kampfgefährte von Arnulf
Angus – Ein Soldat in Arnulfs Diensten
Melnius – der Waffenmeister des Königs von Bergisch-Bachland
Der alte Werner – Pförtner an der Universität Ylstenbyrg, ehemaliger SchwarzRoter
Borghardt – Der zweite Anführer der Aufständischen (SchwarzRoten)
Der Herold des Königs Wulfenghar
Der Graf von Eichgrund und seine Tochter Gwendolin
Gwond – der Anführer der Orks
Albarecht der Knochenbrecher - Jahrmarkskämpfer
Jörgis Steinschädel – Jahrmarktkämpfer
Baron von Wilk
Der Herzog von Walms und dessen Sohn

1. Teil
Ylstenbyrg

Antje war in diesem Augenblick glücklich.
Die Freifrau saß neben ihrem Mann in der Kutsche und diese rollte auf dem neuen Postweg nach Ylstenbyrg. Dort wartete ihr Sohn Ove auf sie, ein Bote hatte ihr Kommen bereits angekündigt.
Der eigentliche Grund ihrer Reise war natürlich ein anderer.
König Wulfenghar hatte ihn mit den knappen Worten "Hol mir meinen Waffenmeister zurück", den Auftrag gegeben, den Waffenmeister von seinem Krankenlager in der Universität zurück nach Bergisch-Bachland zu holen. Das war ein überraschender Befehl Wulfenghars, der seinen loyalen Waffenmeister wieder an seiner Seite wissen wollte. Die plötzliche Dringlichkeit verstand Arnulf nicht, aber der König hatte dort sicherlich auch seine Informanten und würde das nicht ohne Grund veranlassen.
Trotzdem hatte Arnulf sich vorgenommen nicht sofort nach Ylstenbyrg zu reisen. Was sollte Melnius im Hospital der Universität schon geschehen?
Es steckte sicherlich mehr hinter diesem Auftrag, doch darum wollte sich der Freiherr nicht kümmern.
Da der Waffenmeister jedoch in Ylstenbyrg immer noch Steckbrieflich gesucht wurde, musste dies mit einer Staatskarosse geschehen. So hatte er eine gewisse Immunität, solange er in der Kutsche blieb.
Der König wurde nach einigen Tagen ungeduldig und hatte bei der Freifrau durch den Herold ganz harmlos nachfragen lassen, ob sie die Gelegenheit ergreifen wollte, ihren Sohn zu sehen, wenn sie mit ihrem Mann nach Ylstenbyrg reisten. Das war für Antje jedenfalls keine Frage. Sie war zum Zeitpunkt des Erscheinens des Boten

allein in Seiberand, denn Arnulf befand sich zu dieser Zeit am Grenzweg auf dem Jagdschloss.
Arnulf, der erst spät in der Nacht nach Haus kam, hatte keine Gelegenheit mehr etwas dafür oder dagegen zu tun.
Er war alles andere als Begeistert über die hinterhältige Art seine Frau in diesen Auftrag hineinzuziehen.
Aber so stand schon am nächsten Vormittag eine Karosse mit dem Wappen von Bergisch-Bachland vor der Tür ihrer schlichten Behausung und sie brauchten nur noch einzusteigen.
Das Dorf war natürlich in Aufruhr. Die Nachbarn drängten sich um das vornehme Gefährt, um den Freiherren zu verabschieden. Obwohl Arnulf nun keiner mehr der Ihren war, war er doch eine geschätzte Persönlichkeit in Seiberand. Er hatte nun die Macht auch dem Vogt ins Wort zu fahren oder seine Befehle in Frage zu stellen. Früher hatten sie ihn immer mit einem verborgenen Mistrauen betrachtet, denn er war einer der Fährtensucher des Königs. Das waren gefährliche Männer, die vor nichts zurückschreckten! Jetzt war er ein prominenter Mann, den sie alle schon von Kindesbeinen an kannten. Damit konnte man schon vor den Leuten aus dem Nachbardorf auftrumpfen.
Die Kutscher versuchten die aufdringlichen Dorfbewohner immer wieder fort zu scheuchen und schwang heftig die Peitsche. Freilich ohne Erfolg.
Auch Arnulf konnte sich noch sehr gut an Zeiten erinnern, in denen die Dorfbewohner ihn für einen Herumtreiber und Halsabschneider hielten. Man ging ihm weitestgehend aus dem Weg, wenn man nicht gerade seine Handwerkliche Hilfe brauchte. Die Gerüchte über seine Abenteuer machten den meisten Einwohnern aus Seiberand Angst. Immerhin soll er schon dem Tod persönlich begegnet sein und noch schlimmer, eine Elfenhexe der

allerschlimmsten Sorte befreit haben. Sie trieb nun hier in den Bergen wieder ihr Unwesen.
Doch in diesem Augenblick war er eine allseits beliebte Persönlichkeit und alle grüßten ihn höflich an diesem Morgen. Er hatte endlich eine willkommene Abwechslung in das eintönige Dasein der Bewohner von Seiberand gebracht.
Während Antje vor Stolz fast platzte und den Leuten draußen zuwinkte, hoffte Arnulf inständig, dass es dieses eine Mal eine harmlose, ganz normale Reise werden würde. Natürlich glaubte er nicht wirklich daran. Dazu waren zu viele dunkle Gestalten daran interessiert, den jetzigen Waffenmeister aus der Welt zu schafften. Es wäre natürlich interessant zu erfahren, warum das jetzt so dringlich war.
Die Kutsche setzte sich endlich schaukelnd in Bewegung. Die Wagenräder mahlten durch die großen Pfützen, es hatte in der Nacht anständig geregnet.
Sie hatten das kleine Dorf schnell hinter sich gelassen. Der penetrante Geruch der Gerber verfolgte sie allerdings noch etwas länger.
In der nächsten Zeit wollte Arnulf der Freifrau das alte Jagdschloss zeigen. Er hatte ihr von seiner Idee schon erzählt, es später zu ihrem Wohnsitz zu machen. Aber sie wollte es natürlich unbedingt vorher sehen. Sie wollte überhaupt alles sehen.
Die Kutsche kam gut voran. Gegen Mittag erreichten sie die erste Poststation. Dort ließen sie sich ein Mittagessen nach Art des Hauses auftischen. Antje kritisierte so ziemlich alles was auf den Tisch kam. Das hieß aber nicht, dass auch nur ein Krümel auf dem Tisch von ihr zurückgelassen wurde.
Es wurden frische Pferde angespannt und die Reise ging zügig weiter. Arnulf genoss die ereignislose Fahrt. Es war ihm etwas unheimlich, das nichts geschah.

Ihr nächster Halt war unterhalb der Grenzwarte nahe dem Dorf Wartenheim. Dort gab es inzwischen eine Gastwirtschaft mit dem Namen "Eukedemosz`s Keller". Der große Baumeister hatte in der Grenzwarte einmal übernachtet.
In dieser Nacht hatte er sich in den Vorratskeller zurückgezogen und sich dort schwer betrunken. Damals gab es die Taverne noch gar nicht, aber wer wusste das schon?
Arnulf warf einen kritischen Blick hoch zur Grellwand, die im Augenblick von der Sonne angestrahlt wurde und hell leuchtete. Er erwartete fast, dort oben Bergelfen zu sehen.
Seine Frau bemerkte seine Unruhe und fragte ihn, was es dort zu sehen gäbe.
"Bergelfen, die mit ihren Bögen auf uns zielen", antwortete er scheinbar leichthin. Seine Frau machte ein erschrockenes Gesicht. Er winkte hoch zu den unsichtbaren Elfen. Sie hatten gewiss ein Auge auf den Grenzweg. Er nahm das Schimpfen seiner Frau über diesen dummen Scherz gern in Kauf.
Sie ließen bald darauf Wartenheim und die Grenzwarte hinter sich zurück.
Es ging, nach dem sie den Kreuzweg erreicht hatten, nur noch abwärts in die Ebene von Ylsten. Die Grenze war schnell überschritten. Es würde jetzt nicht mehr lange dauern, bis sie ihren Sohn wiedersahen.
Die Freifrau war sehr aufgeregt. Sie überschritt das erste Mal eine Grenze. Arnulf hingegen, sah gleichmütig aus dem Fenster. Es war bei weitem nicht das erste Mal, dass er sich in diese Richtung bewegte.
Bis zum Abend würden sie Ylstenbyrg erreicht haben
Auch hier hatte es in der vergangenen Nacht kräftig geregnet. Die Wiesen und Birkenwäldchen standen unter Wasser. Die Pferde mussten sich anstrengen, um die Kutsche über den aufgeweichten

Boden zu ziehen. Eigentlich waren sie bei diesem Tempo das perfekte Opfer für Straßenräuber.
Doch unangefochten näherte sich ihr Gefährt dem düster in der Ferne aufragenden Ylstenbyrg. Über der Festungsstadt hingen immer noch graue Wolken.
Der Kutscher trieb seine Pferde noch einmal an. Sie würden schon bald das Tor der Festungsstadt vor sich haben.
Am Tor wurden sie von der Wache angehalten. Der Mann warf einen neugierigen Blick ins Innere. Er erkannte Arnulf sogleich und salutierte.
"Ich wünsche einen angenehmen Aufenthalt, Herr", sagte er freundlich. Arnulf nickte zum Dank.
"Kennt er dich etwa", fragte Antje etwas überrascht. Dieser Vorgang war ihr nicht ganz geheuer.
"Vielleicht sind wir uns mal begegnet. Ich war schon einige Mal hier, das habe ich dir doch schon erzählt", antwortete er vage.
Seine Frau sah ihn mit einem prüfenden Blick an.
Der Kutscher hielt schließlich das Gefährt vor der Universität an.
Antje stieg aus ihrem Gefährt und blickte nach oben. Sie war beeindruckt von der Größe der Universität. Sie legte den Kopf nach hinten, um die Türme zu sehen, die sogar die grauen Regenwolken zu berühren schienen.
Arnulf blickte ebenfalls versonnen nach oben zum Dach. Neben ihm rieselten einige kleine Kiesel zu Boden. Er lächelte leicht, er verstand es als ein Gruß der Gargoyles.
Er klopfte nachdrücklich gegen die schwere Tür.
Ein Fenster in der Tür wurde geöffnet und hinter dem Gitter erschien das zerfurchte Gesicht eines alten Mannes.
Er betrachte Arnulf eine Zeitlang stumm. Sie waren in der Vergangenheit schon einige Male aufeinandergetroffen in der Universität.

"Wer begehrt Einlass", fragte der Alte trotzdem mit heiserer Stimme und tat so als wären sie sich noch nie begegnet.

"Der Freiherren von Bergisch-Bachland!"

"Wer soll das sein", fragte der Alte gleichgültig, er war wohl etwas verwirrt. Antje sah empört aus und sah ihren Mann fragend an. Arnulf winkte gleichgültig ab.

"Der alte Werner kann sich nicht mehr so erinnern..."

"Was soll das heißen, junger Mann? Ich weiß sehr wohl, dass deine Sohn Ove hier studiert! Und ich erinnere mich genau, dass du hier des Nachts über die Mauer geklettert bist! Aber beim letzten Mal warst du wenigstens noch kein Hochstapler!"

"Nun hör mal zu, du alter Knochen", rief Antje außer sich vor Zorn. Sie hielt ihm ihren Siegelring unter die Nase.

"Beim letzten Mal hatte er auch eine andere Frau im Schlepptau", erwiderte der Alte ungerührt und ließ ein kurzes Grinsen sehen. Antje fuhr herum und funkelt ihren Mann an. "Was soll das heißen? Stimmt das?"

"Werner übertreibt ein wenig. Ravenna, die Bardin, hatte damals Karls als Leibwächter dabei!" Das Gespräch fing jetzt an aus dem Ruder zu laufen.

"Davon hast du mir nie erzählt", sagte Antje erbost.

"Deswegen holen wir jetzt den Waffenmeister hier ab. Er war auch dabei", knurrte Arnulf nun übellaunig. Auch er wurde langsam wütend. Er sprach nicht gern über diese Ereignisse.

"Lässt du uns nun langsam ein, Werner oder muss ich erst die Palastwache holen, damit sie dein Tor stürmt", fragte der Freiherr nun ungeduldig.

"Du bist auch bloß einer von diesen Wichtigtuern", erwiderte Werner mürrisch und öffnete dann die schwere, beschlagene Tür. Sie konnten nun endlich eintreten.

Ein junger Diener erschien sogleich und verbeugte sich.

"Sie wollen zu Ove", erklärte der Alte mürrisch und setzte sich wieder in seine kleine Kammer hinter der Tür.
Der Diener wies ihnen beflissen den Weg. Antjes Wangen waren immer noch vom Zorn gerötet.
Sie stiegen langsam die scheinbar endlosen Treppen Stockwerk für Stockwerk höher, bis der Diener plötzlich stehenblieb und eine Tür leise öffnete.
Leise traten sie ein
Ove reagierte nicht, als seine Eltern in seinem Zimmer standen und ihn abwartend ansahen.
Der Junge las versunken in einem Buch und schrak zusammen, als seine Mutter ihn plötzlich umschlang.
Arnulf fand, dass sein Sohn irgendwie fremd aussah. Nicht unbedingt größer, aber älter, erwachsener.
Ove sah dann seinen Vater eine Weile an und lächelte schließlich. Hatte er ihn etwa nicht gleich erkannt? Es gab dem Fährtensucher ein Stich ins väterliche Herz.
"Dann haben sie also doch Recht gehabt", sagte er zu seinem Vater.
"Wer", fragte Arnulf, aber dabei wusste er schon, wen sein Sohn meinen konnte.
"Sie sprechen also auch mit dir", fragte der Vater seinen Sohn. Der nickte eifrig. "Manchmal gehe ich am Abend hoch aufs Dach und sehe zu den Bergen dort drüben. Ich frage mich dann immer, ob es euch gut geht."
Seine Mutter war etwas irritiert. "Von wem redest du, wer redet mit dir?"
"Sie sind absolut hässlich, man bekommt richtig Angst wenn sie vor einem stehen!"
"Sie nehmen dich aber nicht mit, oder", fragte nun Arnulf alarmiert und hob drohend den Zeigefinger. Sein Sohn sah ihn unschuldig an.

Antje war erbost über die Geheimniskrämerei der beiden und verlangte Aufklärung.
"Glaub mir, du möchtest sie nicht kennenlernen", sagte ihr Sohn fröhlich. "Sie sagten mir vor ein paar Tagen, dass hier Männer auf euch warten."
Arnulf stöhnte innerlich auf, diese Stadt gönnte ihm auch dieses Mal keine Ruhe.
Er musste erst einmal nachsehen, ob der Waffenmeister überhaupt noch hier in der Universität war.
Der Freiherr stürmte die Treppe herunter und ging zu seiner Kutsche. Er verlangte von dem alten Werner, dass sie auf den Hof der Universität gelassen und dort die Pferde untergestellt würden.
Der alte Mann sah ihn eine Weile an.
"Da muss ich erst den Magister fragen", erklärte er schließlich.
In dieser Zeit ging Arnulf hinaus zu dem Kutscher. Der war sehr erfreut nicht mehr hier allein herumzustehen. Er hatte nämlich das Gefühl beobachtet zu werden, verriet er dem Freiherren.
Etwas später öffnete sich das große Tor zum Hof und die Kutsche wurde eingelassen.
Anschließend würden die Pferde abgespannt und in den Stall gebracht. Arnulf nahm sich die Zeit und untersuchte die Kutsche eingehend. Er suchte nach ungewöhnlichen Gegenständen oder Zeichen. Aber er fand nichts Auffälliges.
Das beruhigte ihn jedoch keineswegs. Er musste sich etwas entspannen. Die engen Straßen und hohen Häuser dieser Stadt hinterließen bei ihm immer wieder das Gefühl, von tausend Augen beobachtet zu werden. Und er hatte keine Bäume und Sträucher, um sich den Blicken zu entziehen.
Seine Frau kam begeistert auf ihn zu. Sie wollte mit ihm einen Abendspaziergang durch die Straßen machen. Diese Idee ließ ihm

die Nackenhaare sich sträuben. Aber wohl oder übel musste er gut Miene machen.
Da Ove noch keine Zeit für seine Eltern hatte und da der Waffenmeister noch tief schlief, hatten sie tatsächlich nichts anderes zu tun in dieser Stadt.
Antje schob ihren Mann mit sanfter Gewalt auf die Straße. Arnulfs Hand suchte immer wieder den Griff des Langmessers, während seine Frau ihn durch die Gassen zog.
Er verstand nicht, warum sie an jedem noch so schäbigen Stand stehen blieb und aufgeregt die Auslagen kommentierte. Schließlich standen sie am Stadttor, das sie beim Eintreffen passiert hatten. Arnulf wollte sich am liebsten sofort in die Büsche schlagen und einen ungestörten Vorabend verbringen. Erbost zog die Freifrau ihren Mann zurück. Er blieb aber dicht hinter dem Tor stehen und drehte sich um. Er sah hinüber zu den Bergen. Und tatsächlich erkannte er ein kleines Stück vom Turm des zerfallenen Jagdschlosses oberhalb des Weges hierher. Er machte seine Frau darauf Aufmerksam. Sie reagierte überraschend böse.
"Du solltest deine Frau nicht für dumm verkaufen. das war kein guter Scherz!"
Er beschwor bei allen Geistern die Wahrheit zu sagen, doch sie glaubte ihm nicht.
Ihm gefiel die Vorstellung, die Festungsstadt von dort oben sehen zu können. Man könnte hier gelegentlich einkaufen. Ein Stadt in vergleichbarer Größe gab es in Bergisch Bachland nicht.

"Du bist doch der feine Herr aus den Bergen", fragte eine raue Stimme hinter ihnen. Der Freiherr drehte sich blitzschnell herum und hatte seinen Dolch in der Hand.

"Ho ho, also stimmt es, dass du ein ganz Schneller mit dem Messer bist, " sagte der ziemlich heruntergekommene Mann, ohne sonderlich beeindruckt zu sein.
"Mit wem hab ich die Ehre", fragte der Freiherr völlig humorlos. Seine Stimme war ein gefährliches Knurren.
Antje sah die beiden Männer verständnislos an, blieb aber stumm.
"Das spielt überhaupt keine Rolle, wer ich bin. Ich vertrete ein paar Männer, die noch eine Rechnung beglichen wissen wollen!"
Der Mann legte eine Überheblichkeit an den Tag, die an Arnulfs Innerlichen Ruhe nagte.
"Wäre es zu viel verlangt, wenn du mir sagtest, was dich bedrückt."
Der Mann lachte auf. "Das hast du gut gesagt." Im selben Augenblick hatte er die Klinge am Hals. Er hob langsam die Arme.
"Sag mir endlich, was du und die anderen paar Männer von mir wollt!"
Antje trat entsetzt einen Schritt zurück, so hatte sie ihren Mann noch nicht erlebt.
"Du wirst den Mann, den du als Waffenmeister kennst, nicht lebend aus der Stadt bringen! Er ist ein gemeiner Mörder und Verräter, sein Strick ist schon längst gedreht!" Abwartend sah der Überbringer dieser Botschaft den Fährtensucher aus den Bergen an.
Der nahm langsam sein Messer zurück, behielt den zerlumpten Kerl aber fest im Blick.
"Was legst du und deine Freunde ihm zur Last", fragte er scharf.
"Er war einer, der für Geld andere Leute im Kampf vertrat. Manchmal hat er den Kampf etwas verkürzt, wenn er es eilig hatte. Du verstehst?"
"Ich komme aus den Bergen, ich verstehe nicht, was du da erzählst, " zischte Arnulf scharf.

Sich als etwas schlicht darzustellen, half hier in der Stadt eigentlich immer.
"Er hat seinen Duellgegner schon vor dem Kampf erledigt, verstehst du jetzt endlich?"
"Vielleicht sollte ich unser Gespräch auch auf diese Art verkürzen", schlug Arnulf vor. Mit einer schnellen Handbewegung forderte er seine Frau auf ruhig zu bleiben, denn sie holte gerade Luft, um ihrem Entsetzten Ausdruck zu verleihen.
Der Mann drehte ihm betont langsam den Rücken zu und ging davon.
"Er kommt hier nicht lebend raus. Ylstenbyrg fordert sein Blut", rief er beim Laufen, ohne das Paar noch einmal anzusehen.
"Du sprichst also für die ganze Stadt?"
"So kann man es ausdrücken. Dein Freund war einmal eine sehr bekannte Persönlichkeit in Ylstenbyrg!"
Der Freiherr überlegte ob der Hauptmann der Palastwache, den er kannte, ihn ein Geleit stellen würde. Er verwarf diesen Gedanken aber wieder. Er war schließlich im Auftrag seines Königs hier. Anscheinend waren die Gerüchte um den Waffenmeister, die ihm zu Ohren gekommen waren, nicht unbegründet. Er konnte den Hauptmann der Stadtwache nicht ohne weiteres in die Geschichte mit hineinziehen. Am Ende würde der vielleicht sogar den Waffenmeister arretieren. Arnulf musste es allein schaffen. Am besten des Nachts, wenn die Stadt schlief. Aber er machte sich etwas vor. Männer, wie dieser eben, lebten eigentlich erst in der Nacht und Ylstenbyrg schlief nie!
"Sagst du mir nun endlich mal, was das alles sollte", forderte seine Frau hinter ihm. Irritiert, wie aus einem schlechten Traum erwacht, drehte er sich zu seiner Frau um.
"War das nicht klar zu erkennen", fragte er erbost. "Diese Leute wollen den Waffenmeister nicht aus der Stadt heraus lassen, weil

sie noch eine Rechnung mit ihm offen haben. Ich frage mich, ob sie so dreist wären, wenn er gesund und munter vor ihnen stehen würde."

"Was soll das heißen?"

"Er ist sehr gut mit dem Schwert!"

"Ist er wirklich ein Mörder?"

Arnulf hob die Schulter. "Sind nicht alle Soldaten irgendwie Mörder?"

"Sprich nicht mit mir, als wäre ich eine dumme Magd!"

"Du hast nicht das gesehen, was ich gesehen habe!" Er sah sie an. Er hob die Hände. "Auch an ihnen klebt Blut."

"Du machst mir Angst, wenn du so sprichst!" Sie wollte darüber nicht weiter reden.

Für Antje war damit der Fall erledigt. Sie zog ihren Mann energisch weiter durch die Stadt. Arnulf sah sich wachsam um, denn er war jetzt wieder in Feindesland. Ein Umstand, den er eigentlich vermeiden wollte.

Sie erreichten die Universität später, als die Schatten schon wieder länger wurden.

Der alte Werner öffnete diesmal ohne Umstände das Tor. Arnulf atmete auf und sah durch das vergitterte Fenster auf den Platz zurück. Einige Gruppen von Männern standen herum. Auf den ersten Blick konnte man nicht sagen, ob sie das immer taten oder nur jetzt.

Werner schüttelte den Kopf. "Diese Taugenichtse sollten sich eine anständige Arbeit suchen und nicht hier den ganzen Tag herum lungern!"

"Machen die das schon lange?"

"Es sind wohl ein paar mehr geworden in den letzten Tagen", antwortete der alte Pförtner und schüttelte nachdenklich den Kopf.

"Haben sie schon versucht hier einzudringen?"

Der Alte lachte amüsiert und schüttelte heftig den Kopf. "Am Tage patroulieren die Wachen und nachts jagen die Steinernen jeden, der hier etwas versucht. Wenn die jemanden zu fassen kriegen, kommt der nicht mehr wieder, garantiert!"
Arnulf nickte verstehend und sah sich die Gestalten genau an.
Auf den ersten Blick sahen sie einfach nur verwahrlost aus, wie beliebige Bettler. Doch es war bei näherem Hinschauen ganz klar eine Rangordnung zu erkennen.
Die Männer waren nicht militärisch organisiert, eher wie eine Räuberbande.
Ihm fiel bei zwei oder drei Männern besonders auf, wie überheblich oder auch herablassend sie die Bewohner dieser Stadt betrachteten. Sie wirkten wie Raubtiere, die ihre Beute taxierten.
Doch eigentlich hatten die dort herumlungernden stets die Tür der Universität im Blick. Sie war jedenfalls sein Eindruck.
Eine Wachabteilung marschierte vorbei. Widerwillig zerstreuten sich die Männer kurz, um sich einige Minuten darauf wieder gegenüber dem Tor der Universität zu versammeln.
Arnulf überlegte, ob ihn irgendetwas mit dem Waffenmeister verband. Sie kannten sich nun schon einige Jahre, doch wirklich näher gekommen waren sie sich eigentlich nie.
Sie hatten nie ihre Erlebnisse ausgetauscht oder über ihre Vergangenheit geredet.
Es gab nur die Achtung vor den Fähigkeiten des anderen. Lohnte es sich dafür sein Leben zu riskieren?
Im Grunde nicht. Er konnte seinem König einfach sagen, dass der Waffenmeister verstorben war. Es wäre ja nicht einmal gelogen.
Langsam ging Arnulf die Treppen hoch in die Etage, wo die Kranken behandelt wurden.
Dort sah er sich nach seinem Sohn um. Es dauerte eine Weile bis er ihn entdeckt hatte.

Der Fährtensucher beobachtete seinen Sohn eine Weile versunken, wie er am Bett einer Frau saß. Er schrieb etwas sorgfältig auf eine Papierrolle und sah aus, als hätte er nie etwas anderes getan in seinem Leben. Warum war dem Vater das Talent seines Sohnes entgangen?
Ove verabschiedete sich mit einem Lächeln von seiner Patientin und stand auf. Er bemerkte seinen Vater und lächelte. Doch er rannte ihm nicht entgegen, er ging ruhigen, gemessenen Schrittes zu ihm. Dann strahlte er seinen Vater an. Eine Idee ging Arnulf durch den Kopf. Eine gute Idee.
Doch leider mussten zuerst einige sehr akute Probleme aus der Welt geschafft werden. Er drückte seinen Sohn kurz an sich. Sein Sohn führte ihn aus dem Krankenzimmer.
"Wir haben hier sehr schwierige Patienten", sagte Ove.
"In wie fern?"
"Wir wissen nicht, was sie für Krankheiten haben. Wir können nur den Verlauf verfolgen und aufschreiben. Das ist sehr schlimm, jemanden nicht helfen zu können!"
Arnulf nickte, er kannte das.
"Aber wir lernen täglich dazu", sagte Ove und lächelte.
"Hast du deine Mutter schon gesehen?"
Er nickte traurig. "Ich glaube, sie vermisst mich."
Der Freiherr hatte keine Ahnung, wie sein Sohn darauf kam, denn er hatte natürlich Recht.
"Zeig mir den Waffenmeister", forderte er seinen Sohn dann auf. Er wollte herausfinden, ob es überhaupt möglich war, ihn in die Berge zurück zu transportieren.
"Da draußen sind Leute, die ihn tot sehen wollen, hab ich Recht?"
"Woher weißt du das schon wieder?"
"Der alte Werner hat es mir gesagt. Er hat gesagt, seiner Vergangenheit kann niemand entkommen."

Nachdem sein Sohn das Zimmer verlassen hatte, lächelt der Mann im Krankenbett. Arnulf fand, dass er irgendwie klein und verletzlich aussah.
"Dir wäre viel erspart geblieben, wenn du mich hättest sterben lassen", sagte der Waffenmeister und sah ihn ernst an.
"Du musst mir meinen Fehler nachsehen", entgegnete Arnulf spitz. Er war schließlich nicht aus eigenem Antrieb hier.
"Du weißt nicht, was das für Leute sind, da draußen! Ich war mal einer von ihnen. Es gibt keine skrupelloseren, ehrloseren Männer unter dem Himmel, das musst du mir glauben."
"Wer sind diese Kerle", fragte der Freiherr interessiert. Er konnte es sich eigentlich schon denken, aber er wollte es aus dem Munde von Melnius hören.
"Die Feinde eines jeden Königs oder Adligen. Sie sind der Aufruhr, sie sind die Kraft, die Könige zu Fall bringen kann. Sie haben Aufstände angezettelt, Schlösser geplündert, die Bauern gegen Festungsmauern gehetzt! Und vor allem hatten sie alles an sich gerafft, was sie zu fassen bekommen konnten. Und das war nicht wenig. Die Beute der SchwarzRoten konnte es leicht mit den Schätzen von Königen aufnehmen!"
Er lachte dann leise. "Es sind ja auch die Schätze von Königen."
"Warum können sich diese SchwarzRoten Banditen hier ungestört herumtreiben? Warum lässt König Reinhard sie gewähren?"
Der Waffenmeister richtete sich langsam auf.
"Tja unser Freund, der Herzog Van Ylsten hatte sich öfter ihrer bedient, wenn seine Kasse mal wieder leer war. Und dann hatte er sie alle begnadigt, aber zu dem Zeitpunkt war ich schon nicht mehr bei ihnen! Was könnte Reinhardt schon dagegen tun?"
"Du hast sie verlassen, ohne dass sie dich gejagt haben?"

Das konnte der Freiherr nicht glauben. Er hatte von diesem Bund schon mehrfach gehört. Sie trugen eine SchwarzRote Flagge in ihren Schlachten. Schwarz für den Tod ihrer Feinde und Rot für die Feuer auf den Dächern ihrer Feinde. Er wusste, dass diese Banditen auch notfalls die Bauern niedergemetzelt hatten, wenn sie nicht bereit waren, den Aufstand gegen ihren König zu unterstützen. Es wurden auch immer wieder Gerüchte laut, das sie im Laufe der Zeit unermessliche Schätze angehäuft hatten.
"Natürlich hatten sie mich verfolgt, aber ich bin jetzt hier und nicht unter der Erde!"
Arnulf drang nicht weiter auf ihn ein, er würde bald erfahren, wie er flüchten konnte. Dazu musste er nur am Leben bleiben.
Irgendwo mussten sie ihr Lager haben. Vor der Festung würden sicherlich noch mehr Männer warten, um notfalls einzugreifen. Es war eine heimliche Belagerung. Dabei war Ylstenbyrg erst vor einiger Zeit gerade noch einem Angriff entgangen. Der Freiherr überlegte wieder einmal, ob er das Unheil hinter sich herzog. Aber diese Männer waren schon vor ihm hier gewesen, stellte er aufatmend fest.
Ein Diener erschien in der Tür. "Der Freiherr wird unten verlangt!"

Besuch

Arnulf warf dem Mann auf dem Krankenbett noch einen Blick zu und begab sich nach unten. Es musste da noch mehr sein, als die Jagd auf einen Abtrünnigen. Das konnte nur bedeuten, dass der Waffenmeister etwas wusste, was diese Männer auch gerne wissen würden.
Unten wartete der Hauptmann der Palastwache auf ihn. Das war mehr, als Arnulf sich erhofft hatte.

Der Soldat hatte noch einige Sorgenfalten dazubekommen, seit er ihn das letzte Mal gesehen hatte.
"Ich würde gern deinen Rat hören, Freiherr", sagte der Hauptmann nach der Begrüßung. Arnulf wusste nicht, was er für einen Rat hätte geben können, aber er würde es gleich erfahren. Sie gingen hinaus auf den Hof, auf dessen gegenüberliegenden Seite die Wirtschaftgebäude standen.
"Deinem Sohn geht es gut, soweit ich weiß", begann der Hauptmann. Arnulf nickte zustimmend. Doch er fragte sich, was der Offizier für ein Anliegen an seinem Sohn haben konnte.
"Du wolltest ihn doch nur einmal besuchen?"
Der Fährtensucher warf dem Hauptmann einen fragenden Blick zu. Im Grunde erwartete der Soldat keine ehrliche Antwort, glaubte der Freiherr jedenfalls.
"Ich glaube, du wirst mir gleich sagen, warum ich hier bin", antwortete Arnulf vorsichtig. Er lächelte den Soldaten an. Der erwiderte ernst seinen Blick.
"Du willst einen gesuchten Mann aus der Stadt bringen! Das muss ich von Amtes wegen verhindern!"
"Du musst es verhindern, andere wollen es unter allen Umständen vereiteln!"
"Du weißt es also?"
"Ich weiß eigentlich gar nichts über die Vorgeschichte! Es hat mich bisher nicht interessiert."
Abwartend sah er den Hauptmann an. Vielleicht würde er noch einige Informationen preisgeben.
"Der Waffenmeister deines Königs, hatte hier gegen jede Regel jemanden getötet. Eine hochgestellte Persönlichkeit wollte sich duellieren, doch er wurde vor dem Kampf schon tot aufgefunden."
"Also wurde der Waffenmeister beobachtet, wie er diese Person getötet hatte", stellte Arnulf fest. Der Hauptmann schüttelte den

Kopf. "So einfach war es nicht. Eine Gewährsperson des Königs hatte dies beobachtet."

"Und es gibt keinen Zweifel an seinem Bericht. Widersprüchlichkeiten und so weiter", fragte Arnulf. Ihm kam das alles merkwürdig vor.

"Warum sollten wir wegen eines Herumtreibers und Mörders so einen Aufwand betreiben?"

"Um die Wahrheit heraus zu finden?" Der Hauptmann sah ihn irritiert an.

"Und was soll ich deiner Meinung nach tun, Hauptmann?"

Der Angesprochene verzog gequält das Gesicht.

"Überlass ihn uns", sagte er schließlich leise. Dieser Wunsch schien ihm peinlich zu sein.

"Du weißt, dass ich das nicht tun kann. Mein König hat mich geschickt, um ihn zum Sonnenfeld zu bringen!"

"Dann töte ihn unauffällig und sage deinem König, dass du überfallen wurdest!"

"Er muss auf jeden Fall sterben, anders kann ich das nicht verstehen", Arnulf wollte es aus dem Mund des Hauptmanns hören. Der ging nicht darauf ein, er hatte den Fallstrick schon erkannt.

"Lass mich doch heute Nacht einfach aus Ylstenbyrg verschwinden, und tu einfach so, als wenn der Waffenmeister noch hier ist", schlug Arnulf vor. Natürlich verneinte der Hauptmann, das war schon vorher abzusehen gewesen.

"Du hast gar keine Möglichkeit hier heraus zu kommen. Auch in der Universität gibt es Augen, die ihn beobachten!"

"Jemand will unbedingt sein Geheimnis wahren", sagte Arnulf in Gedanken. "Es muss jemand aus dem Palast sein, das steht fest!"

"Willst du mich jetzt auf diese Art von meinen Befehlen abbringen", fragte der Hauptmann brüskiert.

"Wer hat dir diesen Befehl gegeben", fragte der Freiherr schnell.
"Das spielt keine Rolle für dich, du bist hier nur auf der Durchreise! Ich bin der, der hier bleiben wird, wenn du in deine Berge zurückkehrst."
"Also eine hochgestellte Person", sagte Arnulf zu dem Soldaten.
"Jemand hatte gemeinsame Sache gemacht mit den SchwarzRoten und ich meine nicht den Herzog Van Ylsten!"
"Ich kann dir nicht helfen! Sieh zu, dass du schnellstens Ylstenbyrg verlässt! Es könnte sonst gefährlich werden für dich und deine Frau!"
Der Hauptmann drehte sich um und verließ die Universität. So etwas hatte Arnulf nicht von ihm erwartet. Die ganze Geschichte wurde immer verwickelter. Also wurden diese Banditen hier in der Stadt geduldet. Aber auf wessen Geheiß? Am Ende wurde ihm und seiner Frau sogar noch durch die Blume gedroht!
"Woher kennst du all diese Leute", fragte seine Frau hinter ihm und beendete so seine Grübeleien.
"Ich komme etwas herum, wenn der König wieder einmal Sorgen hat", erwiderte er ungnädig.
"Warum bist du so", rief seine Frau ungehalten. Sie nahm nie Rücksicht auf seinen Gemütszustand.
"Die Lage ist ziemlich aussichtslos! Das ist irgendwie jedes Mal das gleiche!"
"Wenn alles so wie immer ist, können wir ja bald nach Hause fahren! Weißt du schon, dass dein Sohn den zweiten Grad als Heiler erreicht hat? Er hat die Prüfung bestanden!" Sie sah ihn fragend an. Natürlich wusste er das nicht, was sollte er dazu auch sagen?
"Es wird keine einfache Reise nach Bergisch-Bachland werden", sagte Arnulf wie in Gedanken.
"Wie meinst du das", fragte seine Frau sofort misstrauisch.

"Wir werden flüchten müssen, bei Nacht und Nebel. Und eine blutrünstige Horde wird hinter uns her sein!"
"Du willst mich erschrecken, sei ehrlich. Für solche Späße habe ich kein Verständnis!"
"Wir werden rennen müssen, so schnell wie wir können!" Arnulf hatte jetzt ein diebisches Vergnügen seine Frau aufgeregt zu sehen.
"Aber warum", fragte sie entsetzt.
"Die Stadt ist voller SchwarzRoter. Du weißt doch, die Fahne Schwarz für den Tod der Adligen und Reichen und Rot für die Feuer auf den Dächern ihrer Schlösser und Palästen." Natürlich hatte auch seine Frau von diesen Banditen gehört.
"Aber sie wurden doch in der Schlacht in Wiehenland alle getötet und der Rest gehenkt!"
Arnulf machte ein bedauerndes Gesicht.
"Einige haben überlebt, was zu erwarten war und sind jetzt hier in Ylstenbyrg. Und jemand aus dem Palast hält seine Hand schützend über sie!"
Das wollte seine Frau nicht so einfach verstehen.
"Verstehe doch, sie waren und sind nützlich für einige Leute. Sie machen die Drecksarbeit!"
"Hast du einen Plan?"
"Ich arbeite daran", sagte Arnulf ohne innere Überzeugung. Es stand wieder einmal alles gegen ihn. Die Verbündeten waren wie üblich dünn gesät und nicht einmal sicher. Der Magister aus der Universität - vielleicht.
Die Gargoyles wahrscheinlich und aber nur in der Nacht.
Der Hauptmann der Palastwache - eher nicht.
Und dann gingen ihm schon Ideen aus. Er könnte versuchen mit einem Boot über den Fluss aus der Stadt zu kommen. Doch was wäre ihm damit geholfen? Er könnte die Kutsche losschicken, sicherlich würde sie verfolgt werden. Doch der Trick würde schnell

auffliegen. Sie würde von diesen Männern auch in Bergisch-Bachland verfolgt werden. Es würde vielleicht gehen, wenn sie an der Grenze abgeholt würden von einer bewaffneten Eskorte. Doch wo sollte die Eskorte so schnell herkommen? Der Waffenmeister wäre erst hinter den Mauern von Sonnenfeld sicher.
Der alte Werner! Er blieb als einziger übrig!
Warum fiel Arnulf der alte Diener erst jetzt ein? Woher wusste er alte Zausel über den Waffenmeister Bescheid? Arnulf klammerte sich an diesen Strohhalm. Er musste natürlich damit rechnen, dass er damit ins Leere lief. Aber was hatte er jetzt besseres zu tun? Es war illusorisch sich mit allen Männern da draußen anzulegen. Das würde er nicht überleben!

Ein altes Geheimnis

Er ging langsam die Treppe hinab. Die Tür zum kleinen Zimmer des Pförtners stand einen Spalt weit offen. Arnulf drückte sie langsam weiter auf. Er war darauf gefasst von dem Torwächter grob angefahren zu werden. Doch nichts geschah. Werner saß auf einem wackligen Stuhl und war wohl dabei eingeschlafen. Auf seinem keinen Tisch stand eine fast abgebrannte Kerze und flackerte etwas.
Langsam hob er den Kopf. Er sah in diesem Augenblick uralt aus. Er blinzelte den Freiherren an.
"Irgendwann holt einen die Vergangenheit ein, das ist mal sicher, was?"
Bei Arnulf setzte das Verstehen ein.
"Du kennst die Männer da draußen im Schatten?"
Werner nickte leicht. "Nicht alle, aber doch ziemlich viele von ihnen", sagte er und zog sich seine halbvolle Tasse heran. "Wenn man alt wird, braucht man nicht mehr so viel Schlaf, sagt man. Ich

würde am liebsten gar nicht schlafen, damit mich nachts nicht immer die Dämonen der Vergangenheit einholen."
Damit war schon einmal klar, wen der Hauptmann gemeint hatte. Werner war auch einmal ein SchwarzRoter gewesen.
"Dann kannst du mich vielleicht ja aufklären, warum alle so unbedingt den Waffenmeister meines Königs töten wollen."
Werner schüttelte den Kopf.
"Ich weiß wirklich nicht, ob du das verstehen würdest. Wir kämpften gegen die Herrschenden, daran ist wohl nichts auszusetzen", erklärte der Alte müde. Er sah Arnulf mit seinen trüben Augen an. Er war in diesem Augenblick in der fernen Vergangenheit.
"Auch du hast getötet, mehr als einmal würde ich sagen. Du weißt es vielleicht gar nicht, aber dein Ruf geht weit über die Grenzen von Bergisch-Bachland hinaus. Es gibt da draußen viele, die sich mit deinem Pelz schmücken würden, wenn sie denn könnten."
Er lachte über seine Worte.
"Du bist ein Diener der Herrschenden, verstehst du", fuhr er fort. Arnulf war sich dieser Position bewusst. Aber es war schon lange zu spät etwas daran zu ändern und wozu auch. Er sah darin auch nichts Verwerfliches.
"Was sollte ich deiner Meinung nach tun", fragte er den müden Alten. Der winkte ab.
"Du kannst machen was du willst, er wird sterben!"
Er hob aber den Finger, von dem ein Stück von der Kuppe fehlte.
"Aber du könntest versuchen heraus zu finden, was damals geschah! Selbst ich weiß es nicht genau. Ich kann ebenso wie du auch nur raten."
Arnulf zog sich einen Stuhl an den Tisch und entzündete eine Pfeife. Er schob dem Alten seinen Tabakbeutel hinüber.

Werner stopfte sich umständlich seine Pfeife, wohl um Zeit zu gewinnen.
"Wir waren damals ein wilder Haufen. Ich gehörte ja zu den alten SchwarzRoten. Sozusagen zu den ersten. Es begann mit einem Aufstand gegen den Landvogt. Wir Bauern konnten nicht mehr. Er ließ uns nicht mal genug zum Leben! Unsere Kinder starben am Hunger, während in den Schlössern und Burgen ein Fest nach dem anderen gefeiert wurde. Wir durften auch nicht jagen gehen. Das Wild gehörte den Edlen. Eines Tages haben wir uns alles vom Vogt zurückgeholt. Alles, was er uns schuldig war! Und noch mehr."
Er sah verklärt zur Zimmerdecke und nickte einige Male sinnierend. "Diesmal hing der richtige am Baum auf dem Galgenberg!"
Arnulf verstand den Alten. "Aber irgendwann, wolltet ihr mehr als Rache. Damit fing alles an", sagte er zu dem Alten. Der nickte zustimmend und lächelte müde.
"Warum sollten wir nicht auch so leben können, wie die feinen Herren? Welches Recht hatten sie, das wir nicht hatten? Wir hatten nun die Macht, ihnen alles zu nehmen."
Arnulf forderte den Alten auf fort zu fahren. Der nickte ergeben. "Melnius, dein Waffenmeister, war damals so ein kleiner Angeber. Er tauchte eines schönen Tages auf und sagte sein Vater sei Waffenschmied und deshalb konnte er so gut mit Schwert und Messer umgehen. Genau zu der Zeit hatten die SchwarzRoten angefangen Duelle für andere Adlige zu führen, die nicht so gut mit der Klinge waren. Denn Grossbart, unser erster Anführer war der Meinung, dass wir neue Geschäftsfelder erschließen müssten. Es würde nicht mehr lange gut gehen, mit dem Plündern und Brandschatzen. Wir hatten uns mit der Zeit zu viele Feinde gemacht."
Werner lachte in Gedanken und schüttelte den Kopf. "Wir waren damals so blind! Aber die Duelle waren eine guten Nebeneinkunft.

Melnius war wirklich gut mit dem Schwert. Ab und zu nahmen wir auch Geld ein, wenn das Duell gar nicht erst stattfand. Unser Duellant war bald überall bekannt und niemand wollte sich mit ihm anlegen.
Aber das tollste an der Sache war, das er nicht Sohn eines Schmiedes war, oh nein. "
Werner gluckste fröhlich vor sich, als er sich an diese Zeiten erinnerte.
"Aber dann haben die Könige zurückgeschlagen und von euch blieben nicht mehr viele übrig. Die Schlacht bei Wiehenland änderte alles", vermutete der Freiherr. Werner bewegte den Finger verneinend und lächelte verschlagen.
"Der Herzog Van Ylst hatte unser Potential erkannt. Er ließ uns eine Weile verschwinden. Dann waren wir sehr nützlich für ihn, der Herzog war chronisch mittellos. Wir besorgten ihm, was er brauchte und schon waren wir wieder im Spiel. Aber das war die Zeit, wo ich die SchwarzRoten verließ. Grossbart war in der Schlacht ja gefallen und wir hatten nun einen neuen Anführer. Borghardt mit den drei Fingern war nicht mehr mein Fall. Er war habgierig und grausam! Wir sollten alles ihm übergeben und wenn er einen leiden konnte, bekam der ein ordentliches Stück ab. Die anderen ... ."
Werner schüttelte den Kopf, als wollte er die Erinnerungen verjagen. Dann sah er plötzlich auf und starrte Arnulf an.
"Du musst herausfinden, wie Grossbart damals starb in der Schlacht bei Wiehenland! Finde es heraus und rette deinen Freund! Das ist die entscheidende Frage, durch wessen Hand wurde er getötet. Borghardt hatte behauptet, Melnius war der Mörder, der Grossbart heimtückisch umbrachte. Mitten in der Schlacht mit den Königlichen Heeren. Es sah damals eigentlich gar nicht so schlecht für uns aus! Das Heer vom Fischerbund war noch nicht

angekommen und für die Männer aus Ylsten sah es nach einer Niederlage aus! Wulfenghar, dein König zog sich eben zurück, weil er fast seine ganze Reiterei verloren hatte. Und wir griffen an, ja wir stießen vor. Unsere SchwarzRote Fahne triumphiert über die Königlichen. Doch dann war plötzlich alles vorbei. Grossbart war plötzlich tot, wir hatten keinen Anführer mehr. Borghardt hatte einfach nicht das Zeug zum Anführer. Die Leute folgten ihm nicht."
Arnulf starrte gedankenverloren an die Decke. Es war also ein Rätsel, das er lösen musste, um den Waffenmeister lebend aus der Stadt zu bekommen. Ein Rätsel, das sicherlich am besten für alle Zeit eines bleiben sollte!
Er glaubte nicht, dass ihm viel Zeit blieb. Jetzt war auch klar, warum Melnius unbedingt sterben sollte. Das Geheimnis von Grossbarts Tod sollte unter allen Umständen gewahrt bleiben!
Er begab sich zu Melnius` Krankenlager.
Der Waffenmeister starrte unverwandt an die Decke.
Arnulfs erster Gedanke war, dass der Mann sich aufgegeben hatte. Doch als ihn der Verwundete erkannte, setzte er ein Lächeln auf.
"Der Fährtensucher, wie immer auf der Suche nach Lösungen. Wird es dir nie leid, für andere die Kartoffeln aus dem Feuer zu holen?"
Mit solchen Fragen wollte Arnulf sich jetzt nicht beschäftigen.
"Kennst du Borghardt gut? Ich meine vertraust du ihm?"
Dem im Bett liegende schüttelte sich für lachen, trotz seiner Schmerzen.
"Ich sehe, du hast keine Ahnung, wie das am Schluss lief! Niemand traute irgendjemanden. Wir wussten alle, dass etwas faul war am Tod von Grossbart. Aber erst einmal waren wir alle Gefangene des Herzogs Van Ylsten. Der war außer sich, als er erfuhr, dass nur Grossbart wusste, wo der Schatz der SchwarzRoten versteckt war. Er folterte viele von uns. Der Herzog merkte, dass er damit nichts erreichte und nahm einige von uns in seine Dienste. Natürlich nicht

öffentlich. Doch ich glaube, es hat alles nichts genutzt. Wir haben ihm zwar einiges an Einnahmen verschafft, aber ich weiß, den eigentlichen Schatz der SchwarzRoten hatte er nie in die Hände bekommen!"

Melnius lachte leise.

"Der alte Werner ist auch der Meinung, dass der Schatz verloren ist. Aber wer weiß, du bist so einer, der alles ausgräbt. Vielleicht findest du ihn ja. Aber es sei dir gesagt, daran würdest auch du nie Freude haben. Alle würden dich jagen, wenn sie das herausfinden. Alle!" Er sah Arnulf stumm an.

Der winkte ab. Was sollte er mit noch einem Schatz? Das geraubte Gold und Silber hatte bisher noch niemanden Glück gebracht!

"Wie sieht dieser Borghardt aus", fragte er den Waffenmeister.

Melnius erhob sich unter Scherzen etwas von seinem Kissen. "Was hast du vor?"

"Ich muss das Rätsel lösen, um dich hier heraus zu holen", antwortete der Freiherr langsam.

"Das bin ich wirklich nicht wert! Es wird dich den Kopf kosten. Die Männer sind gewissenlose Bestien. Bring wenigstens deine Frau und deinen Sohn in Sicherheit, bevor du hier in den alten Sachen herumstocherst!"

Der Gedanke erschien Arnulf verlockend.

"Es wird jemanden geben, der nicht möchte, dass sein Geheimnis aufgedeckt wird! Es wird auch einige geben, die wissen wollen wo der Schatz ist und wer Grossbart umgebracht hat! Und wenn du das Geheimnis lüftest, werden dann alle plötzlich wollen, dass es weiter ein Geheimnis bleibt!"

Melnius sah ihn beinahe bittend an. Irgendwie war ihm dieser Fährtensucher und Freiherr doch sympathisch.

Arnulf ging nicht darauf ein und ließ sich Borghardt beschreiben. Es war jedenfalls nicht der Mann, der ihm am Stadttor aufgehalten hatte, das begriff der ehemalige Fährtensucher schnell.
Es würde eine verstohlene, nächtliche Suche werden.
Er verabschiedete sich von dem Kranken und suchte noch einmal Werner auf.
"Du lässt dich wohl nicht abbringen von deinem Vorhaben", sagte der Türwächter und lachte dann trocken. Er winkte ab, als gebe es für den Freiherren keine Hoffnung.
"Ich könnte mir gut vorstellen, dass du so einen Ahnung hast, wo diese Männer verkehren", sagte Arnulf zuversichtlich.
Werner sah ihn stumm an. "Wie kommst du darauf?"
"Nur so ein Gefühl, du bist mit deiner Vergangenheit noch nicht fertig, glaube ich."
"Lass mich zufrieden, ich bin alt und müde! Ich will davon nichts mehr hören!" Er sah Arnulf abweisend an. Dann seufzte er.
"Sieh in den Tavernen des Fischerviertels nach!"
Er machte eine Handbewegung, dass Arnulf schnell verschwinden sollte.
Der schloss leise die Tür und ging zum Hof hinaus. Von wo konnte man ihn hier beobachten? Er sah sich um. Die Mauern waren hoch, weitere Einblicke verwehrten die Gebäude. Eigentlich war der Hof nicht einzusehen. Wenn überhaupt, musste hier ein Informant vor Ort sein. Er glaubte jetzt nicht mehr, dass der alte Werner noch mit den übriggebliebenen SchwarzRoten unter einer Decke steckte.
Er wählte die Rückseite des Hofes. Arnulf hatte keine Ahnung was dort hinter der Mauer lag.
Er rollte von der Wand ab und befand sich auf einer schlecht gepflasterten Straße wieder. Kampfbereit drehte er sich im Kreis, doch Niemand nahm Notiz von ihm. Er beruhigte sich und ging im Schatten los. Den Knauf seines Langmessers hatte er in der Hand.

Doch es gab kaum Bewegung auf der Straße. Nur einige Katzen und noch mehr Ratten trieben sich gleich ihm im Dunklen herum.

Borghardt

Er schlug den Weg zum Fluss ein. Da würden die Fischer ihre Tavernen haben. Es würde nicht einfach sein, diskret Nachforschungen anzustellen. Er würde sich nicht wundern, wenn er jetzt schon Verfolger hinter sich hätte. Aber im Augenblick deutete nichts darauf hin. Er blieb einige Male im Schatten stehen und lauschte.
Dann hörte er das leise Fließen des Wassers. Die Ylste roch etwas brackig. Er suchte die Laternen über den Türen ab.
Seine Wahl fiel auf den "Schnellen Hecht". Er versuchte durch die verschmierten Fenster etwas zu erkennen. Die Tür ging einige Male auf und zu. Einige Männer torkelten an ihm vorbei. Sie nahmen keine Notiz von ihm. Er beschloss trotzdem, die Hintertür zu versuchen. Er fand einen schmalen Gang zum Hof. Hier lagen einige Schnapsleichen recht unbequem an der Hauswand. Er schlüpfte durch die offene Tür. Die Räume waren völlig verqualmt, das man kaum die Männer auseinanderhalten konnten. Der Lärm war ohrenbetäubend.
An einem Tisch in der Ecke saßen drei Männer und beobachteten ihn. Sie sahen für die Uhrzeit noch recht nüchtern aus.
Ein massiger Kerl stand auf und nahm den Weg zur Hintertür. Er sah Arnulf nicht einmal beim vorbeigehen an. Trotzdem wusste der Freiherr, dass auf dem Hof auf ihn stoßen würde. Die zwei anderen würden hinter ihm sein. Also ging er ruhig durch den Eingang hinaus auf die Gasse und versteckte sich im Schatten eines Einganges gegenüber. Es dauerte nicht lange, bis die drei Männer die Gasse absuchten. Sie hatten ihre Messer schon in der Hand.

Arnulf ließ sie an sich vorüberziehen. Sie flüsterten leise mit einander. Die Männer stanken nach Rum, so dass er ihnen blind folgen konnte.
Er hielt etwas Abstand. Aber er war sich sicher, dass sie ihn hinter sich ahnten. Sie würden ihn in eine Falle locken wollen.
Vor ihm waren plötzlich nur noch zwei Männer. Die Schlinge für ihn war gelegt.
Er wechselte die Straßenseite und wartete einfach ab. Nach einer Weile tauchte der dritte Mann aus dem Dunkel wieder auf. Arnulf schlug ihn blitzschnell zu Boden. Es dauerte eine Weile bis die zwei Anderen umkehrten um ihren Kameraden zu suchen. Wieder nutzte der Fährtensucher seine Gelegenheit und versetzte einen Mann in einen schmerzhaften Schlaf.
"Du hast jetzt die Gelegenheit, mir einiges zu erzählen", sagte er zu dem übrig gebliebenen. Der dachte gar nicht daran und riss eine Sichel aus dem Gürtel.
"Vielleicht wirst du mir lieber etwas erzählen", knurrte er. Ehe er weiter auf Arnulf zugehen konnte, stellte er fest, dass der Griff eines Langmessers aus seinem Körper ragte. Verblüfft sah er den Fährtensucher an.
"Du verdammter Hu...!" Er sank zu Boden.
Arnulf wandte sich dem Nächsten zu. Der wich zurück.
"Du solltest mich zufriedenlassen, Mann! Weißt du nicht wer wir sind?"
Angst drang aus seiner Stimme hervor.
"Ihr seid Meuchelmörder und Halsabschneider", antwortete Arnulf kalt. "Du wirst leben, wenn du mir sagst wo euer Anführer sich verkrochen hat!"
Sein Gegenüber schlug das Angebot aus und zog lachend ein Kurzschwert. "Du und welche Armee wollen sich mit den

SchwarzRoten anlegen?" Doch er lag schon auf dem staubigen Boden, ehe er fertig war mit dem Sprechen.
"Das ist deine letzte Gelegenheit etwas zu sagen", zischte der Fährtensucher ihn an.
"Niemals!"
Arnulf wischte seine Klinge mit dem Tuch des Mannes ab. Er war keinen Schritt weiter gekommen. Noch einmal die Spelunke aufzusuchen hatte wohl keinen Sinn. Er musste sich woanders umsehen.
Eine Abteilung der Nachtwache tauchte am Ende der Straße auf. Er zog sich eilig zurück. Auf einem Hinterhof wartete er ab, bis die Schritte der Männer verklungen waren.
"Haben wir dich endlich", hörte er eine Stimme neben sich, als er wieder auf die Straße trat. Arnulf sah sich einem halben Dutzend Schwertspitzen gegenüber. Er überlegte kurz, ob der alte Werner seinen ehemaligen Kameraden einen Tipp gegeben hatte. Aber wohl eher nicht.
Betont ruhig steckte er sein Messer in den Gürtel. Seine Arme wurden grob gepackt. Jemand entwaffnete ihn. Sie stießen ihn roh vorwärts. Jetzt würde er wohl gleich Borghardt kennen lernen und dann sterben.
Er wurde in eine Gasse geführt. Die Männer machten sich nicht die Mühe den Weg zu verschleiern oder ihm die Augen zu verbinden. Das deutete darauf hin, dass er das Licht des nächsten Tages nicht mehr sehen sollte.
Es war die Stallung eines Fuhrunternehmens. Ein ziemlich ramponierter Wagen stand zentral im Raum. Die Pferde standen nebenan in einem Pferch. Sie waren unruhig, wegen der vielen Männer hier und schnaubten unablässig. Ungerührt sahen einige Männer dem Gefangenen entgegen.

"So schnell sieht man sich wieder", sagte ein bekanntes Gesicht zu ihm. Es war der Kerl, der ihn im Beisein seiner Frau am Stadttor belästigt hatte.
"Wir wollen dir ein Geschäft vorschlagen", sagte ein Mann mit einer Narbe quer über dem Gesicht zu Arnulf.
"Das Leben deiner Frau gegen das von Melnius. Was sagst du?"
"Zeig mir erst meine Frau!"
Arnulf war sich sicher, dass Antje in der Universität sicher in einem Bett lag und auf ihn wartete.
Der Kerl lachte ihn an. "Natürlich müssen wir sie noch holen, aber das ist nicht das Problem!"
"Ich soll meinen Einsatz vorstrecken gegen etwas, was du noch gar nicht hast?"
"Dann müssen wir dich eben, bei deiner Frau gegen Melnius eintauschen, das spielt gar keine Rolle."
"Du bist also der legendäre Borghardt", stellte Arnulf auf gut Glück fest.
Der Mann nickte langsam und sah den Mann aus den Bergen dabei kalt an.
"Der Mann, der Grossbart hinterrücks erstochen hatte, gerade als der Sieg schon euer war?"
Der Mann sah ihn überrascht an. Seine Mitstreiter hielten augenblicklich die Luft an. Man konnte plötzlich die Mäuse unter dem Fußboden trippeln hören.
"Was hat dir der Herzog Van Ylsten damals dafür versprochen?"
Dafür bekam er einen Schlag ins Gesicht, das er rückwärts taumelte. Ein Stuhl stoppte Arnulf. Er wurde wieder hingestellt. Die nächsten Schläge spürte er schon gar nicht mehr.
"Du warst nicht mal dabei", sagte eine Stimme neben ihm.

"Oh doch, wie haben Grossbart gesucht, im Auftrag unseres Königs. Hätte ich ihn gefunden, hätte ich ihn getötet. Aber er war verschwunden! Es kann nur einer von euch gewesen sein!"
"Halt dein verdammtes Maul! Warum lügst du uns etwas vor? Ich brauche dich nicht, wir werden Melnius auch so kriegen und er wird für seinen Verrat hängen!"
"Melnius hat mir gesagt, das Grossbart kurz vor dem Ende euren Schatz gesucht hatte. Er war plötzlich verschwunden. Jemand von den Überlebenden hat ihn an sich genommen!"
Arnulf sah eine Klinge vor seinem Gesicht. Das war es wohl gewesen. Aber das Gift des Zweifels wirkte schon. Seine List sollte in letzter Sekunde doch noch zum Erfolg führen!
"Halt, lass ihn reden", rief eine Stimme dazwischen.
"Er hat uns nichts mehr zu sagen", knurrte Borghardt.
"Lass ihn reden, ich möchte hören, was dieser Mann weiß. Dann können wir ihn immer noch töten!" Andere im Raum murmelten zustimmend.
"Also, erzähl uns von dem Schatz, damit wir das hier endlich zu Ende bringen können", forderte er Arnulf auf. Borghardt hatte vor seinen Männern keine andere Wahl.
"Meiner Meinung nach kann es nur einer von den alten Kämpfern gewesen sein, der den Schatz versteckt hatte, denn Melnius hatte ihn nie gesehen hat er mir versichert. Es gab nur einen ganz kleinen Kreis, der überhaupt wusste, wie groß der Schatz war! Ich habe auch keine Vorstellung, wie groß dieser Schatz sein könnte. Ich weiß aber, dass der Herzog Van Ylst ihn auch in die Hände kriegen wollte. Um jeden Preis! Aber eigentlich sind alle von der alten Garde schon tot!"
Die ehemaligen Renegaten sahen ihn stumm an und nickten.
"Es kann höchstens noch eine Handvoll Leute geben, die wissen, wie und wo der Schatz hin verschwunden ist."

Arnulf sah Borghardt ins Gesicht. Der verzog keine Miene.
"Versuchst du Misstrauen zu säen", stellte er fest und zog langsam ein Messer hervor. Er würde nicht zulassen, dass der Mann aus den Bergen auch nur noch ein Wort sagen konnte.
"Lass ihn Borghardt, er spricht nur das aus, was uns alle schon lange beschäftigt", sagte ein hagerer Mann mit einigen Narben im Gesicht und legte seine Hand auf dessen Arm.
Borghardt stieß ihn brüsk von sich. "Wer bist du, das du mir zu sagen hast was ich tun und lassen soll?"
"Du bist zwar unser Anführer, aber wir können dich jederzeit wieder abwählen!"
Der Angesprochene sah ihn finster an. Borghardt sah in die Runde und konnte keinen ihm freundlich gesinnten Mann erkennen.
"Der Schatz muss hier in der Nähe sein", sagte Arnulf, um die Atmosphäre zu entspannen. Er hatte dies nur geraten, aber Borghardt sah ihn mit einem mörderischen Ausdruck an. Er lag also gar nicht so falsch, glaubte er jedenfalls. Aber so einen Schatz konnte man nicht lange in Ylstenbyrg verstecken, ohne dass ihn jemand entdeckte! Er konnte nicht hier sein, das würde selbst der momentane Anführer der SchwarzRoten nicht riskieren.
"Woher willst du das wissen", fragte einer der Männer Arnulf und sah den Freiherren aus den Bergen aufmerksam an.
"Niemand würde so einen gewaltigen Schatz aus den Augen lassen!"
"Woher willst du wissen, dass er so groß ist", wollte ein junger Mann mit leuchtenden Augen wissen.
"Jeder weiß, dass die SchwarzRoten 6 Königreiche geplündert hatten, damals. Es wurde auch behauptet, dass 17 Schlösser gebrannt haben! Für alle weithin zu sehen."

Die Männer nickten versonnen, ja das wussten sie alle. Es war beinahe sicher, dass niemand außer Borghardt stets dabei gewesen war.
"Und alle die, die sich mit euch verbündeten, wollten im Grunde nur an diesen riesigen Schatz rankommen", fuhr Arnulf schnell fort. "Doch niemand bekam ihn zu Gesicht, und wenn doch, lebt er heute nicht mehr! Es gab nur wenige, die wussten wo er sich befand, wie ich schon sagte."
Der Anführer der Banditen sah ihn verächtlich an. "Du hast eine rege Phantasie, das muss ich dir lassen. Allein, du weißt es nicht! Du reimst dir das nur zusammen um deine Haut zu retten! Tötet ihn endlich, dann können wir wieder ins Gasthaus gehen." Erwartungsvoll sah er seine Männer an. Doch die rührten sich nicht.
"Wollt ihr die ganze Nacht diesem Schwätzer lauschen? Er versucht nur seinen Kopf aus der Schlinge zu ziehen!" Borghardt versuchte mit einer beiläufigen Bewegung Arnulf zu erstechen. Doch ein Mann hielt sein Handgelenk fest.
"Ich möchte seine Geschichte hören! Wenn du weiter machst, muss ich fast glauben, du hast Angst vor dem was dieser Fährtensucher zu sagen hat!"
"Ich glaube, es gibt bei euch auch einige Männer, die behaupten einen Verwandtschaftsgrad mit hochgestellten Persönlichkeiten haben, " fuhr Arnulf fort.
"Du meinst Bastarde", rief ein Mann dazwischen. Der Freiherr nickte erfreut einen Verbündeten zu haben in dieser Runde.
"Wir sind alle jemandes Sohn", rief der Mann grinsend. "Ich könnte mir vorstellen, für ein paar Versprechungen würde man auch einen unauffälligen Mord arrangieren können. Für die Familie sozusagen."

Die Männer blickten in die Runde. Die Blicke blieben schließlich an Borghardt hängen. "Hattest du nicht immer gesagt, du bist ein verhinderter Adliger?"
Das Gesicht des Anführers verzerrte sich vor Wut. "Was bildest du dir ein, so mit mir zu sprechen, Bauerssohn!"
Eine Klinge blitzte in seiner Hand auf. Er stach zu, aber verfehlte sein Ziel etwas. Im Nu waren weitere Messer gezückt und die Männer belauerten sich.
Arnulf fand die Gelegenheit günstig, sich aus der Gefangenschaft zu verabschieden. Mit einer kleinen Bewegung schob er einen Mann vor. Das fasste Borghardt als Angriff auf und der Kampf begann. Die Kämpfenden waren jetzt mit sich selbst beschäftigt. Arnulf ließ sich zu Boden sinken und kroch geschwind zur offenen Tür. Dort sprang er auf und schlupfte in die dunkle Gasse.
Er war wieder frei!
Er ging der Nachtwache aus dem Weg. Im schnellen Schritt erreichte er bald die Universität.
Er war sich sicher, dass hier Beobachter standen. Er überlegte, wo sie zu finden sein würden. Aber eigentlich war es egal, er wollte nur keinen Pfeil in seinem Rücken stecken haben.
Er hörte das charakteristische Geräusch eines fliegenden Gargoyles. Er konnte kurz einen Schatten gegen den Nachthimmel wahrnehmen. Arnulf nahm seinen Mut zusammen und rannte los, auf das Tor mit dem vergitterten Fenster. Dort würde ein Nachtwächter stehen und ihn hoffentlich einlassen.
Der Gargoyles landete hinter ihm und er hörte einen kurzen Aufschrei. Also hatte der geflügelte Wächter jemanden daran gehindert, Arnulf zu töten.
Der Freiherr schlug heftig gegen die Tür. Nach überraschend kurzer Zeit wurde das vergitterte Fensterchen aufgeschoben und jemand im Dunkeln betrachtete ihn eingehend ehe er den Riegel zurück

schob. Eilig trat er ein. Er atmete tief durch als sich das Tor hinter ihm schloss.
"Hast du erfahren, wer der Mörder war", frage Werner, seine alten wasserblauen Augen hefteten sich an sein Gesicht. Er war neugierig.
"Nein, aber ich habe einen Verdacht, der sehr nahe liegt."
Arnulf sah sich in dem kaum beleuchteten kleinen Zimmer um.
Der alte Wächter kicherte leise.
"Ja, es ist so einfach wie naheliegend. Doch die Menschen wollen an etwas glauben. Es sollen edle Taten sein und finstere Schurken, gedungene Mörder, vom übermächtigen Feind geschickt, müssen den Helden getötet haben. Es darf kein Streit unter Freunden gewesen sein, vielleicht im Rausche des Alkohols."
"Du warst dabei", fragte der Fährtensucher überrascht.
"Wenn ich dabei gewesen wäre, hätte mich längst ein Dolch ereilt!"
"Wenn es derjenige wüsste, dass du in der Nähe warst, hätte dich ein Dolch ereilt, meinst du."
"Du wirst viel Leid über die übriggebliebenen SchwarzRoten bringen, wenn du alles ausgräbst was damals geschah. Die Wunde wird sich wieder öffnen und es wird noch einmal viel Blut fließen. Die Wahrheit wird für die Männer nicht zu ertragen sein. Lass sie an die Legende glauben, ich bitte dich. Wie würdest du dich fühlen, wenn du am Ende erfährst, das alles erlogen war?"
Arnulf wusste sehr gut, wie das sich anfühlt.
"Meinst du, diese Tat lässt den Mann ruhig schlafen?"
"Ich würde sagen, ihn verfolgen die Alpträume bis ans Ende seiner Tage. Sicherlich hat er schon lange keine Nacht mehr durchgeschlafen." Arnulf nickte.
"Wie kann es sein, das man Borghardt noch nicht zu fassen bekommen hat?"

"Woher soll ich das wissen, vielleicht ist er überzeugt, dass niemand Zeuge des Mordes war."
"Das ist gut für den Niemand und es sollte so bleiben", sagte Arnulf in die Dunkelheit des Zimmers. "Niemand würde dem Waffenmeister helfen können, selbst wenn niemand das wollte." Er lächelte den alten Nachtwächter an.
Er ließ sich von Werner auf sein Zimmer geleiten. Seine Frau lag auf ihrer Pritsche und schnarchte leicht. Sie erwachte und sah ihren Mann nicht eben freundlich an. "Ich musste allein zu Abend essen! Warum?"
"Ich wurde aufgehalten", antwortete Arnulf wahrheitsgemäß.
"Von deinen Freunden, die ja anscheinend überall auf dich warten!" Sie war erzürnt.
"Wie siehst du schon wieder aus! Vergeht kein Tag, an dem du dich mit jemanden prügelst?"
Einige Tage fielen ihm schon ein, aber das tat jetzt nichts zur Sache.
Arnulf konnte lange nicht einschlafen, da er sich Gedanken machte, wie er das Problem lösen konnte.
Jeder hatte die Ahnung, dass Grossbart einem feigen Mord zum Opfer gefallen war. Es gab viele Leute, die aber aus den unterschiedlichsten Gründen eine andere Version der Ereignisse bevorzugten. Würde es überhaupt helfen, wenn er die Wahrheit aufdeckte? Der Waffenmeister hatte sich zu viele Feinde gemacht und er, Arnulf, war auf dem besten Wege das gleiche zu tun. Über die Auflösung dieses Problems schlief er tatsächlich ein.
Am Ende blieb die Frage unbeantwortet, wohin dieser sagenhafte Schatz verschwunden war.

Der nächste Tag war erst einige Stunden alt, als er geweckt wurde. Der Hauptmann der Palastwache wollte ihn sprechen. Antje war irritiert, als sie aus ihrem Schlaf hochschreckte.
"Was ist das für ein Benehmen, um diese Zeit schon Reisende zu belästigen", fragte sie mürrisch. Sie hatte Angst, das sah man ihr an.
Sie machte sich daran, sich herzustellen. Arnulf verwendete darauf keine weitere Zeit und ging hinunter zu dem Hauptmann. Der sah übermüdet aus und war nicht gerade in bester Stimmung.
"Was gibt es zu so früher Stunde", fragte Arnulf geradeheraus. Er fühlte sich noch etwas mitgenommen von den Ereignissen der letzten Nacht. Der Hauptmann sah ihn bekümmert an.
"König Reinhardt verlangt von Euch, umgehend die Stadt zu verlassen!"
"Was ist passiert?"
"Er hatte heute Nacht Besuch! Die SchwarzRoten haben ihm mit einem Aufstand gedroht!"
"Hier in seiner Stadt? Hier können doch schwerlich genügend Männer sein, um einen Aufstand anzuzetteln", gab Arnulf zu bedenken.
"Sicher nicht, sie müssten im Umland Leute auf Abruf zu stehen haben. Ich habe schon einige Späher losgeschickt", sagte der Hauptmann. "Aber der König besteht darauf, dass ihr aus der Stadt verschwindet, mit oder ohne Waffenmeister!"
"Den Waffenmeister kann ich schwerlich in seinem Zustand mitnehmen", begann Arnulf. "Sichert ihr mir zu, dass ihm wenigstens hier nichts geschieht?"
"Höchstens noch ein, zwei Tage. Dann kann ich nichts mehr für ihn tun!"

"Wollt ihr denn etwas für ihn tun", fragte der Freiherr einfach heraus.
Der Soldat druckste eine Weile herum.
"Ich habe ein Versprechen gegeben. Er ist der Sohn des Kommandanten der Garnison." Arnulf brauchte eine kurze Weile um das zu verarbeiten.
"Der Kommandant lässt zu, dass sein Sohn in dieser Stadt gejagt wird?"
"Es würde ihn Kompromittieren, wenn er eingriffe", antwortete der Hauptmann trocken.
"Euer König weiß also gar nicht, was vor sich geht, oder wie soll ich das verstehen?"
"Das trifft es in etwa." Der Offizier sah ihn mit steinernen Gesicht an. Er sah aus, als würde er einige Befürchtungen wegen Arnulf hegen. Der Freiherr hatte bisher noch jedes Wespennest aufgescheucht.
"Ich dachte immer, nur mein König ist so..."
Sein Besucher winkte ab.
"Also gut, ich verabschiede mich von meinem Jungen, besteige meine Kutsche und kehre demnächst wieder hierher? So stellt er sich das vor?" Er bekam ein nur ein Nicken zur Antwort. Der Hauptmann würde sich nicht die Zunge verbrennen.
"Du wirst bei deiner Rückkehr Hilfe bekommen von jemanden, den du gut kennst", sagte der Hauptmann beim hinausgehen.
Seine Frau sah ihn fragend an, als der Hauptmann gegangen war.
"Was hat das alles zu bedeuten", fragte sie irritiert. "Warum können wir nicht einfach den armen Mann mitnehmen?"
"Das ist Politik", knurrte Arnulf. "Wir werden ein Spiel spielen. Es bleibt abzuwarten wer es gewinnt."
Am frühen Vormittag fuhr ihre Kutsche vor. Sie hatten sich lange von ihrem Sohn verabschiedet. Unauffällig flüsterte der Vater

seinem Sohn ins Ohr, das sie sich sehr bald widersehen würden. Das tröstete Ove ein wenig.
"Es ist eine Art Spiel, bei dem alle so tun, als wüssten sie nicht was passiert."
"Alle stellen ihre Figuren auf und machen ihre Züge, obwohl sie tun als bewegen sie sich nicht", erwiderte sein Sohn fröhlich, in der Unbeschwertheit seiner Jungend.
"Genau so läuft dieses Spiel. Der Preis am Ende ist das Leben dieses Mannes da oben." Er wies mit dem Finger zur Decke.
"Aber eigentlich konntest du ihn doch nie wirklich gut leiden", entgegnete sein Sohn irritiert.
Sein Vater lächelte weise. "Wenn es danach gehen würde, wären die Menschen in den Bergen schon ausgestorben!" Ove sah seinen Vater entsetzt an.
Das Ehepaar bewegte sich nicht, als die Kutsche anfuhr. Doch sie wussten, dass viele Augen ihnen hinterher sahen.
Noch vor dem Tor gerieten sie in eine Traube Menschen, die Neugierig in das Innere der Kutsche starrten. Jemand riss sogar die Tür auf. Damit hatte Arnulf fest gerechnet und eine Knüppel in der Hand mit dem er jeden auf die Finger schlug der zu aufdringlich wurde. Nun wussten alle, das der Waffenmeister nicht in der Kutsche war und der Belagerungskreis um die Universität würde dichter werden.
"Das sind widerwärtige Menschen hier", kommentierte seine Frau das Verhalten der Ylstenbyrger Einwohner und zog energisch die Tür zu. "Sicherlich nicht alle, die hier wohnen sind so. Man wollte nur sicher sein, das der Waffenmeister noch in der Stadt ist."
"Was wollen sie von ihm? Sie werden ihn doch nicht umbringen, nachdem sich Ove so gut um ihn gekümmert hat!"
"Ich befürchte, dass sie genau das Vorhaben", sagte ihr Mann und behielt den Weg genau im Auge.

"Er macht eigentlich einen netten Eindruck", sagte sie etwas mitfühlend.
Arnulf lächelte.
"Er hat einiges auf dem Gewissen, das solltest du mir glauben!"
Seine Frau wollte nichts weiter davon hören und starrte aus dem Fenster.
Der Freiherr atmete erst auf, als sie Ylsten samt Ylstenbyrg hinter sich gelassen hatten. Natürlich konnte auch hier noch einiges geschehen, aber er war hier zu Hause. Hier halfen ihm Bäume und Sträucher!
Er war sich sicher, dass zwei ehemalige Soldaten des Königs, Angus und Herman, hier in der Nähe waren. Es waren zuverlässige Männer, die ein Auge auf den Weg zum alten Jagdschloss hatten.
Und tatsächlich waren sie plötzlich neben der Kutsche, als die Pferde sich an der Steigung abmühten.
"Nun Herr, Euer Ausflug ist nicht so gelaufen wie Ihr dachtet?"
Angus sah ihn fragend an.
"Es gibt einige Probleme, die es zu lösen gilt", antwortete der Fährtensucher schroff.
"Na wenn es lösbare Probleme sind, werden wir gern behilflich sein!"
Sie waren am alten Jagdschloss angekommen. Trotzdem das Schloss noch weit davon entfernt war, mehr darzustellen als eine Ruine, wurde Arnulf warm ums Herz. Einige Leute waren beschäftigt, alles aufzuräumen. Der alte Hansen scheuchte sie dafür ordentlich über den Hof. Er sah auf und war sofort im Bilde.
Er grinste Arnulf an.
"Was ist schiefgelaufen, Herr?"
"Die SchwarzRoten wollen ihn nicht so einfach gehen lassen. Es gibt Leute die glauben, er hätte Grossbart hinterrücks getötet."

"Hinterrücks? Das hat er doch gar nicht nötig", erklärte der alte Fährtensucher kopfschüttelnd. "Was hätte er davon haben können?"
"Genau, das ist auch meine Meinung. Aber jemand will ihn opfern. Ich weiß auch wer und warum."
"Tja die SchwarzRoten waren immer schon feige Meuchelmörder", stellte Hansen noch einmal fest. Auch er hatte damals an dem Feldzug gegen sie teilgenommen.
Arnulf weihte ihn nun in seinen Plan ein.
Hansen lachte auf. "Dein Vater hatte Recht, ein Schlitzohr bist du. Aber warum bist du dir so sicher, dass der Kommandant dir wirklich Hilfe zukommen lässt?"
"Er ist ein Vater und ich bin ein Vater!"
"Na vielleicht ist er auch so ein Rabenvater wie du!"
Der alte Fährtensucher nahm sich einige Männer und zog los, um Arnulfs Auftrag auszuführen.
Noch in der Nacht stand Arnulf auf und kleidete sich ebenfalls an.
"Gehst du jetzt schon wieder", fragte seine Frau schläfrig. Ihr gefiel das gar nicht.
"Ich schleiche davon, wie ein Dieb in der Nacht", antwortete er kurz.
"Na dann geh Politik machen." Die Freifrau verstand nicht, warum ihr Mann den Waffenmeister so sehr unterstützte.
Draußen wartete schon ein Pferd auf ihn. Hansen trat aus der Dunkelheit heraus.
"Freiherr, sieh dich vor. Sie werden in der Dunkelheit auf dich warten, denn sie sind feige Hunde! Genau wie damals!" Arnulf klopfte dem Alten auf die Schulter und gab seinem Pferd die Sporen.

Es ging bergab hinunter in die Ebene. Am nächsten Abend würden kurz vor der Grenze seine Männer bereit stehen. Nun musste nur noch das Glück auf seiner Seite sein.

Die Finte

Noch vor dem Morgengrauen stand er wieder vor der Stadtmauer Ylstenbyrgs.
Eine kleine unscheinbare Tür, die in Kriegszeiten Ausfälle zur Entlastung des Tores erlaubte, war angelehnt. Das konnte schon die erste Falle sein. Doch diese unscheinbare Tür war auch die einzige Möglichkeit ungesehen in die Stadt zu kommen.
Arnulf schlüpfte verstohlen hinein und wurde von feuchter Dunkelheit umfangen. Mit den Händen tastete er sich vorwärts. Nach einigen bangen Augenblicken spürte er frische Luft auf sich zuströmen. Er hatte die Mauer durchquert und sah einen schwarzen Schatten vor sich, der sehr übel roch. Zwei riesige Augen starrten ihn an. Arnulf hatte mal etwas von einem Fluch gehört, der auf diesem Tor lag und die Wachen nachts heimsuchte. Der Fährtensucher zögerte keinen Augenblick und stieß mit seinem Langdolch zu. Die Augen erloschen. Der Schatten fiel kraftlos zu Boden. Er stieg über dieses Wesen und wunderte sich kurz, was er da gesehen hatte. Doch er hatte keine Zeit sich weiter darüber Gedanken zu machen, er musste schnell die Universität erreichen. Arnulf hielt sich dicht an den Häusern und eilte so unauffällig wie möglich weiter.
"Haben wir dich endlich, kleiner Waldläufer", zischte eine leise Stimme hinter ihm. Grobe Hände packten ihn und zogen ihn in den Eingang eines Hauses.
Er wurde zu Boden geworfen und gefesselt. Es war eine eingespielte Gruppe. Im Nu war er entwaffnet.

"Deine Finte war nicht übel, aber leicht durchschaubar", sagte eine Stimme neben ihm, die gleichzeitig den Geruch von billigem Fusel verströmte. Man klopfte ihm tröstend auf die Schulter.
"Hier wird dir niemand helfen können." Mehrere Männer lachten böse.
"Du hast sehr viele gute Freunde, haben wir festgestellt. Aber wir auch!"
Sie hoben ihn unsanft auf und schleiften ihn zur Tür.
"Jemand will dich noch einmal sprechen, und dann war es das für dich in diesem Leben!"
Arnulf zählte fünf Männer. Es würde fast unmöglich sein ihnen zu entkommen. Sie gaben sich keine Mühe ihn unauffällig durch die Straßen zu zerren. Die SchwarzRoten fühlten sich in den Mauern von Ylstenbyrg völlig sicher.
Sie blieben plötzlich stehen. Ein imposanter Schatten war vor ihnen aus der Erde gewachsen.
"Geh aus dem Weg, du fetter Trottel", fauchte einer der Männer den Mann an. Der rührte sich aber nicht vom Fleck. Ein Schwert wurde gezogen. Nach einem kurzen Kampf stand Arnulf allein mit seinen Fesseln da und wartete ab, was nun geschehen würde.
"Willst du hier Wurzeln schlagen", fragte eine sehr bekannte Stimme.
"Was machst du hier, ich denke du fährst wieder zur See", fragte Arnulf hocherfreut sein Gegenüber.
"Mal etwas Geld nebenbei verdienen ist in diesen lausigen Zeiten nicht verkehrt", antwortete Karls und schnitt seinem Freund die Fessel durch.
Arnulf streckte sich, um das Blut zirkulieren zu lassen.
"Wer hat dich angeheuert", wollte er aber doch von seinem Freund wissen.
Karls sah ihn nur kurz an.

"Jemand aus der Gegend, der nicht genannt werden will!"
Arnulf nickte verstehend. "Und du warst ganz Zufällig hier in der Nähe?"
"So in etwa", erwiderte Karls. Arnulf hatte schon verstanden, dass er nicht mehr aus seinem Freund herausbekommen würde.
"Wir müssen schnell zur Universität!" Im Laufschritt gelangten sie in einigen Minuten am Tor an. Karls hatte seinen Schild vom Rücken genommen und schirmte Arnulfs ab.
Es dauerte eine gefühlte Ewigkeit, bis sich das kleine Fenster öffnete.
"Wer seid ihr", hörten sie die unwirsche Stimme hinter dem Fenster.
"Hier steht der Freiherr! Öffne die Tür ehe wir von Pfeilen durchbohrt sind!"
"Du bist schon wieder hier? Wer ist der Andere?"
"Du kennst ihn, er war früher schon einmal hier, mit mir!" Arnulfs Stimme wurde dringlich. Die Tür wurde umständlich aufgeschlossen. Als sie endlich in der Universität waren drückte Karls schnell die Tür hinter sich wieder zu.
"Du schon wieder", sagte Werner leidenschaftslos und schüttelte den Kopf. Karls beachtete er überhaupt nicht.
"Du willst weiter alte Wunden aufreißen und Staub aufwirbeln", rief er tadelnd.
"Wir haben es eilig", sagte Arnulf ungeduldig und sie ließen den alten Mann stehen. Der sah ihnen unschlüssig hinterher und ging dann wieder in sein kleines Zimmer.
Arnulf riss die Tür auf und sah auf ein leeres Bett. Er starrte eine Weile in die Gegend, dann drehte er sich um und ging in das Zimmer seines Sohnes.

Ove sah sich schlaftrunken um. Er entzündete eine Kerze. Er brauchte eine Weile bis er seinen Vater war nahm. Umständlich stand er auf und ging seinem Vater entgegen.
"Du bist ja schnell wieder hier! Ist etwas passiert?"
"Ich war eigentlich gar nicht weg", log sein Vater grinsend. Karls betrat hinter ihm den Raum und strahlte den Jungen an. Der rannte auf ihn zu und ließ sich in die Luft wirbeln.
"Ist er vielleicht dein Sohn", fragte Arnulf etwas düpiert.
"So ein halber Hering kann nicht von mir sein!" Ove boxte Karls dafür.
"Wo ist der Waffenmeister?"
"Ich habe ihn verlegen lassen, das verschafft uns etwas Zeit."
"Niemand weiß davon?"
"Niemand!"
Arnulf ging zurück in das Krankenzimmer und sah sich das Krankenlager nun genauer an. Die Bettdecke war an einigen Stellen aufgeschlitzt. Hier war ein Meuchelmörder unterwegs!
Sie gingen zurück in Oves Zimmer.
"Wer kann sich hier frei bewegen", fragte er unruhig.
"Eigentlich jeder, der sich in der Universität befindet. Weiter oben sind die Räume, in die nicht jeder hineindarf. Du weißt doch, wo der blinde Diener arbeitet." Arnulf nickt. Er hatte diesen Mann schon kennengelernt.
"Hier läuft jemand herum, der versucht Leute umzubringen!"
"Ihr müsst schnell gehen", sagte Ove und drückte seinem Vater einen Beutel in die Hand.
"Da ist einiges drin, was meinem Patienten helfen wird. Anka wird wissen was man damit machen soll!" Arnulf sah kurz hinein, aber sah nur einige kleine Säckchen.
"Und woher weißt du, dass meine Schwester helfen wird?"

"Sie ist im Bilde. Sie besucht mich ziemlich oft, das nervt manchmal ganz schön!"
Arnulf lachte auf, das verstand er ganz und gar.
"Erst einmal müssen wir deine Tante erreichen! Sie ist ziemlich eigenwillig, wenn man sie um etwas bittet!"
Ove winkte gelassen ab. Dieses Problem kannte er wohl nicht, als Liebling seiner Tante.
"Wo steckt denn nun dein Patient", fragte Karls etwas ungeduldig. "Wir haben es eilige, denke ich! Es wird bald hell!"
"Wir müssen in den Keller, zu den Toten", rief Ove sich eilig anziehend. Kurz darauf war er schon aus der Tür verschwunden.
Karls sah Arnulf fragend an. Der wusste sich auch keinen Reim darauf zu machen.
Sie folgten Ove hinab in den Keller, der sie mit Eiseskälte empfing. War der Waffenmeister etwa tot? Oder war er gar eingefroren worden?
"Ich musste ihn betäuben, denn er wollte hier nicht freiwillig hinunter", erklärte der angehende Heiler. Den Besuchern fröstelte es inmitten der Toten.
"Was macht ihr mit den Gestorbenen", wollte Karls wissen.
"Wir haben ihre Einwilligung sie aufzumachen und zu untersuchen!"
"Ihr lasst die Toten nicht ruhen?"
"Es hat uns schon viele neue Erkenntnisse gebracht, bei dem Verlauf von Krankheiten. Aber ich glaube, das würde euch nur Langweilen!"
Sie standen vor der Pritsche und betrachteten den totenbleichen Mann im Licht einer Öllampe. Er sah wirklich sehr tot aus. Die beiden Männer fühlten sich nicht wohl bei diesem Anblick. Tote begrub man und spielte nicht mit ihnen noch herum!
Arnulf lauschte einige Augenblicke auf den Atem. Da war nichts!

Ove sah Karls erwartungsvoll an. "Nun nimm ihn und hab keine Angst, er ist nicht tot!"
Widerwillig nahm Karls den eiskalten Mann und warf ihn sich über die Schulter. Er schien fast nichts zu wiegen, dafür roch er wirklich übel und war kalt wie ein toter Fisch.
Sie schlichen auf den Hof hinaus. Es war niemand zu sehen, aber sie fühlten sich von tausend Augen beobachtet.
Ove brachte sie zu einem klapprigen Gespann. Darauf lagen mehrere Särge der billigsten Machart.
Die Männer sahen den Jungen fragend an.
"Damit werden die Toten auf die Felder gefahren um sie dort zu verscharren", erklärte Ove, als wäre das sein täglich Brot.
"Legt euch hinein. Keine Angst, es wird niemanden einfallen die Särge auch nur anzufassen. Damit werden nämlich auch die an der Pest Gestorbenen wegtransportiert. Ove entzündete einige stark rauchende Fackeln. "Die sollen die schlechten Ausdünstungen der Toten neutralisieren."
Murrend legten sich die beiden Männer in die Särge. Sie stanken wirklich übel. Karls hatte Mühe sich in einen dieser Särge hinein zu quetschen. Er protestierte leise.
Jemand stieg später auf den Kutschbock und trieb die Pferde an. Das hintere Gesindetor wurde geöffnet und das Gespann rollte auf die holprige Straße von Ylstenbyrg.
Arnulf hatte das Gefühl, dass sie kaum vorankamen. Die Zeit schien stehenzubleiben.
Männer fragten den Kutscher was er transportierte. "Na Leichen, was denn sonst! Wie immer einige Fälle von üblen Krankheiten. Die müssen wir vor den Mauern verbrennen, damit hier niemand angesteckt wird!"
Das ließ die neugierigen Leute sofort Abstand nehmen. Der Kutscher hustete vernehmlich.

Eine aggressive Stimme befahl das Gefährt anzuhalten.
"Ich will deine Leichen sehen, Alter! Ich habe nichts von ansteckenden Krankheiten gehört!"
Der Kutscher hustete wieder grauenerregend.
"Oh bitte nimm einen tiefen Zug, wenn du darauf viel Wert legst."
Er schien dem Sprecher etwas zu reichen.
"Du machst mir keine Angst!"
Gerade, als Hände versuchten Arnulfs Sarg zu öffnen waren Schritte der Wache zu hören.
"Hey ihr da, was wollt ihr mit den Leichen machen? Seid ihr lebensmüde, verschwindet, sonst werdet ihr arretiert!"
Der Sprecher murrte. "Kümmert euch um eure Angelegenheiten!"
"Festnehmen, das sind Leichenschänder", rief der Anführer der Wache zu seinen Leuten. Sie hörten eilige Schritte und dann eine Rangelei.
"Hey Werner, seh zu, dass du die Toten schön tief eingräbst, dort draußen unter den Blutbuchen!"
Die Pferde zogen wieder an. Die Kutsche setzte sich wieder in Bewegung.
Hinter ihnen konnte sie noch eine recht heftige Auseinandersetzung belauschen. Dann wurde es wieder ruhiger.
Sie passierten kurz darauf das Stadttor. Leise unterhielten sich die Wächter. Für sie waren diese nächtlichen Transporte normal.
Im gemächlichen Tempo rollten sie über die Wege und wurden in den Särgen böse durchgeschüttelt.
Eine Ewigkeit später hielten sie an.
"Ich glaube ihr könnt jetzt rauskommen, wenn ihr noch lebt natürlich nur!"
Der Kutscher lachte freudlos.

Arnulf stemmte sofort den Sargdeckel hoch und sog die kühle Nachtluft ein. Karls neben ihm, sah sogar in der Dunkelheit schlimm aus. Kalkweiß starrte er in den Nachthimmel. Er atmete schwer.
"So etwas werde ich nie wieder machen!" Das war wohl ein endgültiger Vorsatz.
Sie öffneten den Sarg des Waffenmeisters. Dessen Zustand hatte sich nicht geändert.
Karls setzte sich auf den Kutschbock und vertrieb den alten Werner von dort.
"Soweit raus aus der verdammten Stadt war ich schon lange nicht mehr", stellte der Alte ungerührt fest und sah sich um.
Karls trieb die alten Pferde ordentlich an, was auch nicht viel bewirkte. Sie trabten recht gemächlich weiter.
"Wir werden verfolgt", rief Arnulf. In der Ferne konnten sie eine Gruppe Reiter erkennen, die ihren Pferden die Sporen gaben.
Karls kannte nun keine Rücksicht mehr und gab den Pferden die Peitsche. Protestierend begann das Gespann in den Trab zu fallen. Es war aber nur eine Frage der Zeit, bis die Verfolger sie erreichen würden. Die Särge sprangen auf der Ladefläche auf und ab.
Arnulf musste den Waffenmeister festhalten, damit er nicht über Bord ging.
Der alte Werner schimpfte laut vor sich hin. Er war überzeugt, den Wagen besser steueren zu können und beschimpfte Karls für seine Unfähigkeit den Wagen ordentlich zu lenken.
Schließlich würde es nur noch wenige Minuten brauchen, bis sie von ihren Verfolgern eingeholt waren. Arnulf zeigte auf einen Fleck vor ihnen. "Dort müssen wir vor den anderen ankommen", rief er.
Karls holte nun alles aus den Pferden heraus. Seine mächtigen Muskeln spannten sich.
Einige Pfeile schwirrten indessen an ihnen vorbei.

Arnulf hoffte, dass sein Plan aufging. Immerhin waren sie in wenigen Metern auf heimatlichem Boden.
Dort war er das Gesetz und das würde einiges ändern.
Karls schlug jetzt ungeduldig auf die Pferde ein. Schaum stand ihnen vorm Maul. Ein Rad drohte sie zu verlassen. Dann hörte Arnulf das erhoffte Geräusch unter den Rädern.
"Jetzt ", rief er. Wie von Zauberhand versank der Boden hinter ihnen ein Stück. Die Pferde der Verfolger scheuten. Zwei Reiter wurden sogar abgeworfen, einer von ihnen landete in der Fallgrube und regte sich nicht mehr.
Karls hielt das Gespann an und drehte sich kampfbereit um. Doch er sah einige Männer ihre Verfolger umringen. Fackeln wurden entzündet. Ein oder zwei Reiter konnten ihre Pferde noch wenden und versuchten zurück nach Ylstenbyrg zu fliehen.
Arnulf ging seelenruhig auf die Verfolger zu.
"Borghardt, du bist in meinem Land unerwünscht! Das heißt, wenn ich dich hier noch einmal sehe, lass ich dich im günstigsten Fall auspeitschen. Wenn ich einen schlechten Tag habe, wirst du hängen!"
"Was bildest du dir ein, kleiner Freiherr? Wenn ich zurückkehre, wird dein Land brennen, aber nur wenn ich gute Laune habe! Schließlich würden mir noch andere unterhaltsame Dinge für euch Bergbewohner einfallen!"
Er lachte hämisch. "Du weißt doch wohl, wer und was ich bin!"
"Du meinst wohl eher, was du einmal warst! Ich habe schon gegen deine Mörder und Tagediebe gekämpft, du brauchst mir nichts zu erzählen! Mich würde nur interessieren, hast du Grossbart selbst umgebracht? Damit hast du euch um einen fast sicheren Sieg gebracht, wenn du es wissen willst!"

Das Gesicht von Borghardt wurde in der Dunkelheit eine finstere Grimasse, die sich in dem flackernden Licht der Fackeln ständig zu ändern schien.
"Ich werde dich töten, vor den Augen all deiner Leute! Du hast dein Schicksal besiegelt", rief Borghardt vor Wut schäumend.
Arnulf hob den Arm. Ein Pfeil traf den Anführer der SchwarzRoten in den Schenkel. Borghardt stürzte langsam von seinem Pferd. Zwei seiner Männer sprangen hinzu um ihm zu helfen.
Arnulf ließ neue Pferde vor den Karren spannen, damit der Waffenmeister hoch zum Jagdschloss gebracht werden konnte.
"Er gehört mir", schrie der verwundete Borghardt zornig und schwang seine Faust. Karls trat auf ihn zu. Borghardts Helfer wichen vor dem Hünen zurück.
"Ich habe dich schon einmal aus dem Sattel gehoben", sagte Karls laut. "Heute werde ich wohl deinem Ende beiwohnen. Noch einmal entkommst du mir nicht!"
"Ich werde eine neue Armee von Freiheitskämpfern aufstellen! Dann Gnade euch allen. Nichts wird euch vor meinem Zorn retten!"
Arnulf trat auf ihn zu und hockte sich vor den Verletzten. "Sag mir, wo hast du die ganzen Schätze gehortet? Soweit ich weiß, hat sie niemand seither zu Gesicht bekommen. Die Begleiter der Schatzkisten sind auch nie wieder aufgetaucht. Oder irre ich mich da etwa?"
Arnulf sah zu Borghardt hinab. "Oder habt ihr jemals davon etwas zu sehen bekommen", fragte er die dessen Begleiter.
"Dein Waffenmeister hat das alles gestohlen", rief einer der ehemaligen Renegaten empört.
"Und dann hat er alles meinem König übergeben? Das glaubst du doch nicht wirklich! Es hieß, euer Schatz bestand aus fast zwanzig Wagenladungen Gold, Silber und Edelsteinen. Und das alles hat ein einzelner Mann durch die Gegend gekarrt und versteckt?"

"Das wirst du nie erfahren, du Emporkömmling", rief der verletzte Borghardt böse und lachte hämisch. Einer seiner Begleiter trat vorsichtig heran.
"Aber uns kannst du doch sagen, wo der Schatz versteckt ist."
"Ihr habt nie an meiner Seite gekämpft, ihr Memmen! Warum sollte ich euch etwas sagen!" Er sah den Mann herablassend an. Karls lachte laut auf.
"An deiner Seite brauchte auch niemand kämpfen. Wir haben dich weit hinter den Linien gesehen. Du und ein paar deiner Helfershelfer, wenn ich mich noch richtig erinnere!"
Borghardt versuchte mit einem Messer in der Hand aufzuspringen. Karls streckte ihn mit einem Faustschlag nieder, dann drehte er sich zu dessen Männern um.
"Das ist eure letzte Gelegenheit zu gehen", sagte er zu ihnen.
Zögernd griffen die Männer die Zügel ihrer Pferde und gingen fort. Sie unterhielten sich mit gedämpften Stimmen.
Der am Boden liegende ehemalige Anführer der SchwarzRoten starrte seinen Männern wütend hinterher.
"Kommt her ihr Feiglinge und kämpft! Ich befehle es euch!" Die Männer gingen zwar etwas langsamer, doch sie gingen weiter.
Inzwischen wurde es heller. Der neue Tag kündigte sich mit zartrosa Streifen am Himmel an.
"Tja, da bist du nun hier in meinem Land, so ganz allein, " sagte Arnulf. Er sah ohne eine Gefühlsregung auf den letzten Anführer der SchwarzRoten hinab. Borghardt lag am Boden und hielt seine Augen geschlossen. Er schien zu überlegen, was er jetzt tun sollte.
"Wenn ich mir das richtig zusammenreime bist du der Bastard vom Herzog Van Ylst. Unterbrech mich, wenn ich mich irre." Arnulf sah den Mann mitleidlos an.
Borghardt starrte ihn mürrisch an, sagte aber nichts.

"Was hat er dir damals versprochen, damit du ihm den Schatz überlässt?"
Der verletzte knurrte vernehmlich.
"Einen Titel? Eine Anstellung bei Hofe? Natürlich nicht an seinem."
"Töte mich endlich und erspare mir dein Gefasel. Du wirst nie erfahren wer mein Vater war und schon gar nicht wo der Schatz der SchwarzRoten liegt! Es sind alle tot außer mir."
Ein hämisches Lachen war zu hören.
"Da irrst du dich aber gewaltig, Borghardt. Nicht alle sind tot!"
Werner war ächzend herangeschlürft und beugte sich vorsichtig über den Mann, als wolle er sicher sein, das es auch Borghardt war.
"Du hast mich damals nicht getötet. Der Kleine da vorn auf der Kutsche hatte mir das Leben gerettet. Das hätte ich ihm niemals zugetraut, ganz ehrlich."
Borghardts Gesicht wurde blass, als hätte er einen Geist gesehen.
"Du kannst nicht leben, du bist eine Erscheinung! Das ist Hexerei!"
Werner stieß ihn mit dem Fuß an.
"Das fühlt sich doch echt an oder nicht?"
Der am Boden liegende versuchte sich mühsam umzudrehen. Er hatte ein Messer in der Hand. Karls trat ihm gegen den Arm. Das Messer flog irgendwo ins Unterholz.
"Deine Zeit ist gekommen, großer Anführer der Unterdrückten", sagte Karls ruhig. "Du hast sie alle betrogen, du hast sie um ihren Sieg gebracht! Ich bin dir dafür dankbar, aber viele Hundert Kämpfer, die anschließend gehängt wurden, erwarten dich sicherlich schon sehnsüchtig hinter SEINER Pforte. Das stelle ich mir schlimm vor", Karls lächelte ihn an. "Ich glaube sogar, dass wir dich gar nicht mehr brauchen, um euren Schatz zu finden!"
Karls sah Arnulf abwartend an. Ehe der etwas sagen konnte war der alte Werner schon über dem Verräter und stach auf ihn ein.
Niemand hinderte ihn daran.

Werner hielt schwer atmend ein. Tränen rannten über seine eingefallenen Wangen.
"Was hätten wir alles erreichen können", rief er verzweifelt in den Morgen. "Wir hätten freie Männer sein können. Gleiche unter Gleichen."
Arnulf half ihm auf. "Das hat noch nie lange funktioniert", sagte er.
"Aber wenigstens eine Zeitlang hätten wir diesen Traum leben können!"
"Willst du mit uns kommen, oder zurück zur Universität", fragte der Freiherr den alten Mann.
"Die Universität ist meine Heimat, nehmt mir es nicht übel, Freiherr. Meine letzten Tage will ich dort verbringen."
Der Karren mit den Särgen wurde wieder flott gemacht und der Alte setzte sich auf den Kutschbock. Er winkte den Männern kurz zu und trieb die Pferde an. Werner drehte sich nicht um, damit die Männer seine Tränen nicht sehen konnten.
"Dann war der Waffenmeister, der andere Zeuge", vermutete Karls.
Arnulf nickte gedankenversunken. "Auch er müsste wissen, wo sich dieser Schatz befindet", sagte er leise.
Arnulf drehte sich plötzlich um. "Wir müssen uns um den Waffenmeister kümmern!" Sie flößten ihn etwas Wasser ein, aber es lief einfach sein Gesicht hinunter.
Eilig lud Arnulf den Mann auf ein Pferd und ritt so schnell es ging den Berg hoch.
Sein Jagdschloss kam alsbald in Sicht. Eine Trage stand schon bereit. Anka sah ihm entgegen. Wie sie von den Vorgängen Wind bekommen hatte, war ihnen ja nun bekannt. Scheinbar ging sie ja seit geraumer Zeit in der Universität ein und aus.
"Was hat dich aufgehalten", fragte sie ihren Bruder. Sie sah ihn durchdringend an.

Arnulf ging nicht darauf ein. Einige helfende Hände streckten sich ihnen entgegen und legten den Waffenmeister auf die Trage. Im Nu waren sie im Haus verschwunden.
Arnulf stieg ab und fühlte sich alt und müde. Die Männer kamen inzwischen auf den Hof. "Ist jemand unten auf Wache geblieben", fragte er. Die Männer nickten eifrig.
Karls gesellte sich später zu ihm. Sie rauchten schweigend eine Weile.
"Du hast dir ein schönes Fleckchen ausgesucht", sagte Karls und wies mit seiner Pfeife auf das noch recht heruntergekommene Jagdschloss. Es sah im Licht des Morgens malerisch aus.
"Genau, aber es wartet noch viel Arbeit, damit es auch wirklich ein schönes Fleckchen wird."
"Gewährst du mir ein paar Tage Obdach?"
"Du willst bald weiterziehen?"
"Später", antwortete der tätowiert Recke leise. "Mein Dienst ist noch nicht beendet."
Er verriet aber noch immer nicht, wer ihn angeheuert hatte.
"Geh ins Haus und begrüße Antje, dann kannst du dir ein Zimmer suchen" sagte Arnulf und stand auf.
Er machte einen Rundgang. Es gab Veränderungen. Der Hof wirkte aufgeräumt. Einige Feuerstellen in den Gesindehütten waren inzwischen wieder in Betrieb.
Baumaterial musste organisiert werden. Er würde mit Anka reden müssen, sie hatte Akumas Schatz irgendwo verschwinden lassen. Ein anderer Gedanke kam ihm in diesen Zusammenhang den Sinn. Was war mit dem Schatz der SchwarzRoten? Eine weitere Ahnung suchte ihn heim.
Was wusste der Waffenmeister alles um die Geschehnisse vor dem Aufstand damals. Waren es nur die Duelle, die viele Adlige

beschämt hatten, oder steckte mehr dahinter? Gab es gar einen geheimen Pakt der Aufständischen mit den Van Ylsten?
Diese Fragen mussten aber noch warten. Der Verletzte würde irgendwann genesen, wenn hier nicht noch Attentäter auftauchten. Für den Freiherren war es auch nicht sicher, dass er bei seinem Brotherren, dem König, völlig sicher war. Hatte Wulfenghar ihn vielleicht nur in den Sold genommen, um von Melnius zu erfahren, ob die Van Ylsten den Schatz an sich gebracht hatten? Vielleicht glaubte der König, dass Melnius wusste, wo der Schatz der SchwarzRoten verblieben war. Die Idee traf Arnulf wie ein Schlag! Wie sagte Melnius immer, wir tanzen alle auf den Messers Schneide!

Früher als erwartet traf am nächsten Nachmittag der Herold des Königs ein.
"Der König schickt dich", fragte Arnulf pro forma.
"Das ist wohl selbstverständlich", antwortete der Herold und sah den Freiherren von seinem Pferd herab an. Arnulf bat ihn ins Jagdschloss. Im unteren Bereich war ein Zimmer hergerichtet worden, das ausreichend sauber war, um Gäste zu empfangen.
Er hatte kurz das Gefühl, das der Bote mit seiner Antwort zögerte, ehe er zusagte.
Hansen sollte sich um die aus vier Männern bestehende Eskorte kümmern, was er unwillig aufnahm.
"Bin ich jetzt das Kindermädchen für die grünen Jungs", er wies auf die Reiter, die ihn wenig erfreut ansahen.
Der Herold begrüßte artig die Frau des Hauses und sah sich in dem Zimmer um.
"Es ist noch viel zu tun", sagte er vieldeutig.

Arnulf nickte zustimmend und stopfte sich eine Pfeife, um dem Herold die Gelegenheit zu geben weiterzureden.
"Ich hätte eigentlich erwartet, dass dein Herr seinen Heiler schickt", sagte er schließlich zu dem Boten des Königs, als der sich schweigend an den Tisch gesetzt hatte und sich etwas Wein eingoss.
"Oh, da hast du natürlich Recht, aber was im Kopf unseres Königs vorgeht, weiß nur er allein!"
Gut gekontert, dachte sich Arnulf.
"Ihr habt auch keinen Wagen mit, der Verletzte ist noch nicht reisefähig. Wahrscheinlich noch eine ganze Weile nicht." Der Herold nickte zustimmend. "Ich bin auch eigentlich nur geschickt worden, um zu hören, wie es um ihn steht. Unser geliebter König will einen Bericht aus erster Hand. Wenn er noch an das Bett gefesselt ist, ist das natürlich bedauerlich. Sein Leben ist dem König sehr kostbar!"
"Daran hätte er damals denken sollen, als Melnius mit dem Herzog Van Ylst kämpfte", gab der Freiherr zurück. Er würde gern wissen, wieviel dem Herold von den Ereignissen damals bekannt war. Zu der Zeit des Feldzuges gegen die SchwarzRoten war er noch nicht im Dienst des Königs von Bergisch-Bachland.
Abwartend lehnte er sich zurück. Seine Frau brachte dem Reiter etwas Brot und Wasser.
Der Herold macht sich ungeniert über das Essen her.
"Wie lange habt ihr vor, hier zu verweilen", fragte Arnulf später. Er bemühte sich nicht seine Ungeduld zu verbergen.
"Ich werde morgen wieder abreisen, nachdem ich einen Blick auf den Verwundeten geworfen habe. Natürlich nur, wenn ihr erlaubt. Diese Aufgabe hat Wulfenghar mir übertragen."
Der Herold sah den Freiherren interessiert an und wartete auf dessen Reaktion.

Arnulf gefiel das nicht, aber er musste dem Herold des Königs natürlich eine Übernachtung gewähren. Alles andere wäre unzivilisiert gewesen. Den Auftrag des Königs konnte er natürlich nicht ignorieren!
Karls erschien im Zimmer und setzte sich ganz ungezwungen mit an den Tisch.
Der Herold sah den Hünen überrascht an. Er hatte ihn hier nicht erwartet.
"Ich wusste gar nicht, dass du Besuch hast", log Karls ungeniert. Er stellte ein Flasche hochprozentigen Branntwein auf den Tisch. Der Herold sah ihm in die Augen während Karls einige Zinnbecher füllte. Sie redeten dann über alles Mögliche, nur nicht über den Waffenmeister.
Arnulf fand in dem Mann einen Freigeist, der aber trotzdem seine Aufgabe für den König sehr ernst nahm. Unter anderen Umständen hätten sie durchaus Freunde werden können. Doch er konnte ihm in seiner Funktion nicht über den Weg trauen.
Unauffällig verschwand Arnulf später aus dem Zimmer. Der Herold sah ihn mit schweren Augenlidern hinterher. Er war nicht mehr imstande aufzustehen und zog es daher vor, seitlich von seinem Stuhl zu rutschen, um dann laut schnarchend seinen Rausch auszuschlafen.

Noch in dieser Nacht wurde der Waffenmeister unter strengster Geheimhaltung zur Grenzwarte gebracht. Trömso musste mit seinem Leben für den Verwundeten einstehen. Der Kommandeur verstand das alles nicht, aber natürlich gehorchte er dem Freiherren.
Er verfrachtete den Verwundeten in das tiefste Verließ, dass die Warte hergab. Es waren nur zwei, drei Leute eingeweiht.

Schon am frühen Morgen erreichte den Freiherren auf dem Jagdschloss die Kunde, dass königliche Reiter auf dem Weg zu ihm waren. Wulfenghar war kein geduldiger Mann.
Er rief alle bediensteten und Soldaten zu den Waffen, auch wenn das kaum ein Dutzend Männer waren. Es musste ein Zeichen gesetzt werden, das er sich auch vom König nicht drohen lassen würde.
"Was ist euer Plan, Herold. Wollt ihr das Schloss belagern, bis ich euch den Waffenmeister rausgebe?"
Er schüttelte verärgert den Soldaten, der noch lange nicht ausgenüchtert war. Der Herold stierte ihn mit schweren Lidern an.
"Was willst du mir mitteilen", fragte er und goss sich eine Schüssel Wasser über den Kopf. "Von was für Reitern redest du? Der König hatte mich unter strengster Geheimhaltung hierhergeschickt!"
"Warum schickt er nun eine Abteilung Reiter?"
"Warum sollte er? Vielleicht sind es gar nicht seine Männer!"
In diesem Augenblick erschien Karls, der den Reitern auf der Spur gewesen war.
"Sie tragen keine Farben!"
"Sag ich doch", rief der Herold mit immer noch schwerer Zunge und grinste.
"Das sind keine Männer des Königs", bestätigte Karls.
"Dann können es nur SchwarzRote sein", sagte Arnulf mit Überzeugung. Es konnte gar nicht anders sein!
"Jeder, der eine Waffe tragen kann, soll sich in fünf Minuten auf dem Hof einfinden!"
Sie verbarrikadierten den Eingang zum Hof und stellten Wassertonnen auf, falls die Reiter Brandpfeile abschießen würden.

Ein nächtlicher Angriff

"Hey ihr da drin, wir wollen nur eine Pause machen, warum verbarrikadiert ihr das Tor?" Es war eine kräftige Stimme, die zu ihnen drang.
"Was seid ihr für Landsmänner", fragte Arnulf durch die Barrikade.
"Wir sind nur auf der Jagd gewesen und haben uns wohl verirrt!"
"Wieso jagt ihr hier auf meinem Land", fragte Arnulf scharf.
Hansen war indessen aus dem Wald wieder hereingeschlüpft. Er hatte sich die Reiter eingehend angesehen.
"Das sind auf keinen Fall Wulfenghars Männer, eher sind das ehemalige SchwarzRote, aber genau kann ich das nicht sagen!"
"Und wie viele", fragte Karls der hinter den beiden stand.
"So an die zwanzig Mann, würde ich sagen. Sie saßen gut im Sattel, das sind keine Anfänger!"
"Wir halten sie bis zum Abend hin, dann werden sie es ohnehin versuchen", sagte Arnulf.
"Und dann gehen wir raus zu ihnen", sagt Karls düster.
"Was tut ihr auf meinem Land frage ich euch, " rief Arnulf noch einmal durch das Tor.
"Oh verzeih uns unsere Unwissenheit", antwortete einer der Reiter. Man konnte hören, dass er sich das Lachen verkneifen musste.
"Wir werden euch nicht hereinlassen! Also könnt ihr wieder abrücken", rief Arnulf mit Bestimmtheit. Daraufhin konnten sie leises Gemurmel auf der anderen Seite hören. Sie hörten wenig später die Reiter langsam davonziehen. Arnulf schickte unverzüglich Karls und Angus hinterher.
Diese Kerle würden auf keinen Fall klein beigeben.
Arnulf wollte den Angriff nicht im Schloss abwarten. Er wollte die abendliche Dunkelheit und den Wald nutzen. So lange mussten sie die Angreifer noch hinhalten. Selbst wenn sie zahlenmäßig

überlegen waren, würde es für sie im Wald schwierig sein ihre Gegner zu finden. Und seine Männer würden einfach auf alles schießen, was auf dem Pferd saß. Sie mussten nur noch einen halben Tag ausharren.
Der Herold war nun wieder für den Freiherren interessant.
"Wenn das keine Männer des Königs sind, werdet ihr wohl an meiner Seite kämpfen", fragte er dem königlichen Gesandten. Der sah ihn eine Weile stumm an und nickte schließlich.
"Wenn wir paar Mann Euch eine Hilfe sind, werden wir natürlich an Eurer Seite sein, um den Feind da draußen zurückzuwerfen", antwortete der Herold abschließend. Damit war alles gesagt. "Aber was war das für ein Gesöff? Mein Schädel droht gleich zu platzen!" Arnulf überging diese Frage einfach.
"Was glaubt Ihr, wer das dort draußen ist", wollte der Herold nun wissen.
"Eigentlich bleiben nur Borghardts Leute übrig", antwortete er. Er wusste nicht, ob der Herold soweit überhaupt eingeweiht war, um zu wissen wer Borghardt überhaupt war.

Karls war mit seinem Begleiter indessen dem Reitertrupp auf den Fersen. Die Reiter machten sich auch nicht die Mühe, Abstand zu dem Schloss zu bekommen.
Karls zählte an die zwanzig Mann. Es waren einige verwegene Burschen dabei, die sicherlich schon einige Schlachten überlebt hatten. Er hatte die Aufständischen damals an der Seite von Arnulfs König als Söldner bekämpft. Es waren auf keinen Fall Feiglinge gewesen. Sie hatten mit dem Mut der Verzweiflung einige Siege davongetragen. Karls überlegte wieviel Jahre seitdem vergangen waren. Es mussten fünf oder sechs gewesen sein.

Die Reiter hatten sich offensichtlich schon vorbereitet. Ein Fuhrwerk stand auf einer Lichtung, bewacht von einen halben Dutzend Männer.
Damit waren die Verteidiger des Schlosses im Nachteil. Sie würden vielleicht zehn Bewaffnete zusammen bekommen, wenn nicht noch Hilfe von der Grenzwarte kam.
Der Angriff musste dementsprechend schon im Ansatz verhindert werden!
Angus als erfahrener Soldat, hatte sich inzwischen ein kleines Nickerchen genehmigt. Man wusste schließlich nie, wann der Kampf beginnen würde.
Der große tätowiert Kerl war ihm unheimlich, trotzdem er ihn auch vom Sehen kannte. Doch er hatte vom Freiherren den Auftrag bekommen mit ihm mitzugehen, also ging er mit.
Zum Abend entzündeten die Angreifer ein Feuer in einem Fass. Sie tränkten Pfeilspitzen mit Öl und umwickelten sie mit Lumpen. Sie wollten auf das Schloss herabregnen lassen. Das musste auf jeden Fall verhindert werden.
Karls hatte für diesen Fall ein Fläschchen Öl dabei. Er hatte nur den einen Wurf.
Da der ehemalige Söldner geübt war, traf das explosive Gefäß fast das Ziel. Das Fläschchen zerschellte an dem Fass und eine Flammenzunge kroch außen an dem Holz hoch. Die Flamme verweilte kurz am Rand und entzündete die Dämpfe über dem Fass.
Ein wütendes Feuer schoss aus dem Behältnis und spritze brennendes Öl nach allen Seiten. Die Männer schrien überrascht auf. Es gab aber einige die den Überblick bewahrten und sich umsahen.

"Wir sind verraten", rief ein schlanker, sehniger Typ und zeigte in den dunklen Wald. Einige weniger Mutige sprangen auf ihre Pferde und flüchteten. Die Flucht gelang am Ende nur zwei der Angreifer. Karls hatte seine Wurfäxte zur Hand und verletzte zumindest seine Ziele. Er griff sich einige Steinbrocken und warf sie den Reitern hinterher. Einer stürzte schreiend vom Pferd
Angus warf sich auf einen anderen Reiter und zerrte ihn rabiat vom Pferd herunter. Die restlichen Angreifer formierten sich trotz allem routiniert und versuchten zum Schloss vorzudringen. Doch sie wurden von einigen Soldaten aufgehalten. Arnulf führte einen kleinen Trupp zum Angriff und brachte die SchwarzRoten damit in Bedrängnis. Doch so einfach waren die Angreifer trotzdem nicht zum Aufgeben zu bewegten. Sie lieferten sich einen hartnäckigen Kampf im dunklen Wald.
Unbemerkt hatten sich zwei der Angreifer aus dem Handgemenge gelöst und waren bis zum Schloss vorgedrungen. Sie überwältigten einen Schreiner, der sich bis zum Abend an einem kaputten Treppengeländer im Schloss zu schaffen gemacht hatte. Er sammelte eben sein Werkzeug zusammen und lauschte ängstlich auf die Kampfgeräusche im Wald, als er angegriffen wurde. Er wurde niedergeschlagen, der Weg ins Schloss war für die Eindringlinge nun frei.
Sie lauschten eine Weile. Es gab wenig Geräusche im Haus. Langsam stiegen sie die Treppe hoch.
Auf einem Absatz trafen sie auf die Hausherrin, die ohne Umstände die Eindringlinge mit einem Schwert anging. Doch die beiden waren geübte Kämpfer und schlugen sie bewusstlos. Sie durchsuchten in aller Ruhe die Zimmer. Sie waren bald im obersten Stockwerk angekommen, ohne dass ihr Suche Erfolg hatte. Der ehemalige Bundesgenosse Melnius war nicht hier.

Missmutig öffneten sie das letzte Zimmer. Dort wurden sie vom Herold erwartet. Er hatte in jeder Hand eine Armbrust.
"Meine Herren, eure Suche ist vergebens! Das was ihr so dringend haben wollt, befindet sich nicht hier im Schloss. Auch nicht hier in der Gegend!"
Trotz der auf sie gerichteten Waffen fühlten die Beiden sich nicht bedroht. Sie nahmen den Herold nicht ernst und lachten ihn an.
"Dann sag uns, wo sich euer Waffenmeister befindet! Er schuldet uns noch eine Antwort!"
"Meine Herren, ich kann euch nicht helfen!"
"Sag uns einfach, wo er ist und wir lassen dich am Leben! Das wäre doch ein guter Tausch für dich!"
Der Herold lachte leise. "Ihr seht mir nicht so aus, als würdet ihr zu eurem Wort stehen! Aber ich habe ohnehin den Auftrag, euch nicht am Leben zu lassen!"
Die beiden Männer sahen ihn verblüfft an, doch dann schossen die Pfeile auf sie zu. Der Herold betrachtete die am Boden Liegenden ohne Mitleid. Niemand sollte wissen, wo sich der Waffenmeister im Augenblick befand. Das war auch im Sinne des Königs!
Doch nun musste er sich erst einmal um die Hausherrin kümmern.
Er fand sie stöhnend am Boden liegend ein Stockwerk tiefer.
Er hob die Frau auf ein Bett und brachte ihr etwas Wasser. Durch die kaputten Scheiben hörte er abebbenden Kampflärm im Wald.
Der Angriff war abgewehrt worden.
Der Herold brachte Antje etwas zu trinken.

Eine Stunde später kehrte Arnulf mit seinen Leuten zurück. Sie hatten einige Verletzte und lediglich einen Toten zu beklagen. Doch der Freiherr war sich nicht sicher, ob sich die im Verborgenen

lebenden SchwarzRoten damit zufriedengeben würden. Es ging schließlich um die Früchte ihrer Raubzüge.
Am nächsten Morgen besuchte er zunächst seine Frau. Antje lächelte ihn tapfer an, als er ihr eröffnete, dass er zur Grenzwarte wolle.
"Du kommst aber bald zurück?" Er nickte und sammelte Karls ein. Der Herold wollte sie ebenfalls begleiten, doch Arnulf lehnte ab. So verabschiedete er sich, um seinem König zu berichten. So behauptete er jedenfalls. Der Freiherr war sich sicher, dass der Herold ihnen folgen würde, mit gebührendem Abstand natürlich. Sein Auftrag war ganz klar, herauszufinden wo sich der verletzte Waffenmeister augenblicklich befand.
Mit Karls machte er sich unauffällig auf den Weg. Hansen hatte den Auftrag, den Herold noch eine Weile hinzuhalten.
Die beiden Fährtensucher verschwanden flugs im Dickicht. Sie benutzten auch nicht den üblichen Weg zur Grenzwarte. Arnulf führte seinen Freund durch den Wald auf einem viel kürzeren Weg. Schon zwei Stunden später standen sie oben auf der Grellwand. Unter ihnen lag die Grenzwarte. Dort war wenig Bewegung zu sehen.
Sie überraschten die Wachen nach Fährtensuchermanier oben an der Stiege. Natürlich erkannten sie Arnulf.
Die Soldaten sahen sie mürrisch an und machten dann den Weg frei. Sie konnten schon beim herabsteigen zur Warte den Trubel auf dem Grenzweg sehen. Auf dem Dort herrschte reger Verkehr. Soldaten sahen sich die Leute genau an, die dort unterwegs waren. Als sie das rückwärtige Tor der Warte durchschritten, war bis auf zwei Wachen niemand zu sehen. Wie beinahe immer, herrschte hier ein unwirklicher Frieden.

Arnulf steuerte das Arbeitszimmer des Leutnants Trömso an. Der fuhr wie ein Blitz aus seinem Stuhl, als er den Freiherren erkannte. Er wollte salutieren, aber Arnulf winkte ab.
"Wie geht es dem Verletzten, er ist doch hoffentlich noch sicher verwahrt?"
"Natürlich Herr, es gibt nur zwei Personen, einschließlich mir, die wissen, dass er hier ist."
"Er liegt wohl in deinem Bett?" Karls grinste vergnügt.
"Das kann man tatsächlich sagen", antwortete Trömso missmutig. Der Verletzte hatte einen furchtbaren Geruch an sich, der sicher noch tagelang in seiner Schlafstatt zu riechen sein würde.
"Führe uns hin, vielleicht wirst du ja deinen Gast sehr bald los sein."
Sie gingen durch seine Amtsstube und befanden sich sogleich in seiner kleinen Wohnung. Eine kleine, schlanke Frau sah die Männer fragend an.
"Meine Frau", stellte der Leutnant sie vor. Sie machte einen Knicks vor Arnulf, dem das etwas unangenehm war.
Der Waffenmeister richtete sich mühsam von seinem Lager auf, als er Arnulf und Karls erkannte.
"Wie sieht es mit dir aus", fragte Arnulf den Verwundeten.
"Was soll ich sagen, ein Duell würde ich heute wohl verlieren." Melnius versuchte zu lächeln.
"Wir hatten heute Besuch von deinen ehemaligen Spießgesellen, sie wollten mir das Schloss niederbrennen. Auch dein König Wulfenghar ist sehr erpicht auf deine Anwesenheit." Er ließ die Worte kurz wirken bei dem Verletzten. Melnius sah den Freiherren fragend an. Arnulf schickte den Leutnant kurz raus aus der Kammer.
"Wir müssen dem ein Ende machen, verstehst du?" Arnulf sah den Verletzten an.
Der Waffenmeister richtete sich unter Schmerzen etwas auf.

"Was meinst du?"
"Wir suchen deinen Schatz und verstecken ihn dann woanders. So dass alle wissen, dass du damit nichts mehr zu tun hast. Ansonsten wirst du in nächster Zeit sterben!"
"Dann weiß aber niemand, wo der Schatz ist", führte Melnius fort. Er hob fragend seine Augenbrauen. Das kam ihm zu einfach vor.
"Es ist deine Wahl, ob du dein Leben lang von deinen ehemaligen Kameraden gejagt wirst, oder ob du dein Leben wieder leben möchtest." Der Freiherr war nach wie vor überzeugt, das Melnius der einzig Übriggebliebene war, der das Versteck kannte.
Der Waffenmeister dachte kurz nach. Er starrte eine Weile an die Decke.
"Und was soll mit dem Schatz dann passieren? Ihr könnt ihn nicht einfach durch die Gegend kutschieren, ohne dass es jemanden auffällt. Er ist einfach zu groß!"
"Dann müssen wir uns etwas einfallen lassen! Du kannst natürlich auch zu deinem Brotherren gehen und ihm sagen, wo er suchen soll. Aber das würde wohl mit unseren Nachbarn Krieg geben, vermute ich mal!"
"Die Frage ist doch, wer soll den Schatz dann behalten, wenn, was ich nicht glaube, wir ihn tatsächlich bis hierher bekommen?" Melnius sah den Freiherren aufmerksam an. Darüber hatte Arnulf auch schon nachgedacht.
"Wir könnten die Sachen zurückgeben, wie wäre es damit", antwortete er. Der Waffenmeister lachte auf.
"Ich würde sagen, dann brauchen wir nicht viel zurückzugeben. Viele der ehemaligen Besitzer sind damals bei der Übergabe an uns plötzlich verstorben."
"Dann können wir noch in ein Wirtshaus gehen und es ausgeben."
"Dann werden wir wohl eher an der Trunksucht zu Grunde gehen, als wir das Geld ausgegeben haben!"

"Also was sollen wir deiner Meinung nach tun?"
Arnulf wusste nicht, was er noch sagen sollte. "Dann holen wir uns das Zeug und bringen uns danach gegenseitig um", erklärte Melnius ernst.
"Sobald wir aus meinem Land heraus sind, wird uns so ziemlich jeder jagen und umbringen wollen!"
"Aber erst, wenn wir gefunden haben, was alle so gern haben wollen", warf Karls ein.
"Na gut, wenn wir gefunden haben, was jeder haben will, wird uns so ziemlich jeder jagen und umbringen wollen! Was ist der Unterschied, Tätowierter?"
"Das wir noch etwas Zeit haben, bis wir gejagt werden!"
"Wenn es dunkel ist werden wir die Warte verlassen", erklärte Arnulf dem Verwundeten.
"Meinst du, er kann schon wieder allein durch sein verpfuschtes Leben laufen", fragte Karls, der nie ein Hehl daraus gemacht hatte, das er den Angeber Melnius nicht sonderlich leiden konnte.
"Ich kann es zumindest versuchen!"
Melnius richtete sich mit einigen Anzeichen von Schmerzen auf.
"Es wird wohl kein Spaziergang werden", stellte er sogleich fest.
Sie verbrachten die Stunden bis zum Abend auf dem Grenzweg.
Arnulf sah sich die Herberge an der Weggabelung zur Warte an.
Hier würden demnächst auch die Postkutschen halten. Eine Stallung war schon im Bau. Der Freiherr empfand so etwas wie Zufriedenheit beim Voranschreiten der Arbeiten. Sie würden bald an das Leben in der Welt angeschlossen sein. Das konnte gut sein, würde aber sicherlich auch Nachteile mit sich bringen. Die Menschen hatten eine Aufgabe und erschufen mit ihren Händen eine Neue Zeit.
Ylstenbyrg war bald nicht mehr das Ende der Welt, sondern eine Auswahl von Möglichkeiten. Dort am Kreuzweg gab es bald auch

einige kleine Schuppen, wo in naher Zukunft tausend nützliche Dinge des Lebens verkauft werden sollten.
Ein Töpfer hatte schon zugesagt hier einmal die Woche Ware zu verkaufen. Arnulf wollte, wenn er einmal Zeit hatte, auch versuchen einen Kunstschied für diese Idee zu begeistern. Doch das war noch Zukunftsmusik, im Augenblick musste ein Problem aus der Welt geschafft werden, das im Dunkeln vor sich hin wucherte! Dieser Schatz musste vor den Augen der Welt verschwinden! Er musste sich auflösen, damit die Gier darauf endlich verblasste. Er musste zu einer Legende werden lassen, die für niemanden greifbar sein würde.
Als die Nacht endlich hereinbrach eilten sie wieder zum Waffenmeister. Der hatte sich inzwischen schon einen alten zerschlissenen Umhang umgelegt und war Reisefertig
Arnulf verabschiedete sich von Trömso und forderte noch einmal dessen Stillschweigen.
Sie erklommen den Steig zur Grellwand, was den Waffenmeister sehr anstrengte. Doch Arnulf hatte diesen Weg gewählt, weil es hier weniger wahrscheinlich war, neugierigen Wanderern zu begegnen.
Angus wartete schon ungeduldig mit einem Einspänner im Schatten der Bäume. Die Wachen auf der Grellwand sahen ihnen gleichgültig hinterher. Das hoffte Arnulf jedenfalls.
Erschöpft sank Melnius auf den Wagen und Angus schwang die Peitsche. Quietschend und knarrend rollte der Einspänner langsam durch den nächtlichen Wald. Arnulf lief langsam nebenher und suchte mit allen seinen Sinnen nach Gefahren. Doch es gab anscheinend niemanden, der durch den finsteren Bergwald um diese Zeit schlich. Er könnte sich vorstellen, dass einige Bergelfen unterwegs waren, um ihn zu beobachten, aber mit den hatte er ja einen vorläufigen Waffenstillstand.

Sie erreichten das Jagdschloss gegen Mitternacht. Der alte Hansen entzündete einige Fackeln und murmelte vor sich hin.
"Was willst du mit ihm machen", fragte er unwirsch Arnulf. Trotz, des Gerüttels im Wagen war Melnius wieder eingeschlafen.
"Er wird sich noch ein paar Stunden ausruhen und dann beginnen wir eine Reise in die Vergangenheit!"
"Du redest wie immer wirres Zeug! Sprich so, dass dich auch ein alter Mann versteht!" Hansen sah ihn ärgerlich an.
Arnulf war ebenfalls müde und winkte ab. Der alte Fährtensucher konnte auch aus den anderen Männern nichts herausholen und murrte vor sich hin.
"Ist der Herold noch da", fragte dann der Freiherr noch.
Hansen knurrte aufgebracht.
"Dieser Lackaffe hat sich entschlossen noch eine Nacht zu bleiben! Darf ich ihn rauswerfen, wenn wir ankommen?"
"Warten wir bis morgen früh damit. Wir wollen doch nicht ungastlich erscheinen!"

2. Teil
Der Aufbruch

Der nächste Morgen wartete mit dichten Nieselregen auf. Niemand hatte jetzt das Verlangen in ein ungewisses Abenteuer zu ziehen. Also warteten sie noch ab.
Arnulf nutzte die Zeit, sich die Baustellen am Schloss anzusehen. Seine Schwester hatte ihm inzwischen etwas von Akumas Schatz zukommen lassen und so konnte er die Arbeiter auszahlen.

Anka hatte ihm die Münzen sehr widerstrebend überlassen. Arnulf konnte nicht verstehen, warum das so war und sie sagte dazu auch keinen Ton. War der Schatz am Ende etwa verflucht?
Den Arbeitern war dies alles egal, sie steckten ihren Lohn ein und waren trotz des widrigen Wetters nun wieder guter Dinge.
Arnulf hatte inzwischen auch ein Zimmer mit intakten Fenstern und sah in den regenverhangenen Wald. Er würde seinen Wald bald verlassen müssen.
Schon wieder.
Dabei hatte er sich fest vorgenommen, jetzt endlich eine längere Zeit hier zu bleiben und alle Probleme dieser Welt anderen zu überlassen.
Er war sich nicht einmal sicher, ob es eine gute Idee war diesen mit so viel Blut beladenen Schatz zu suchen. So viel Reichtum würde in fast jedem das niedrigste Verlangen hervorbrechen lassen!
Er fürchtete sich schon fast davor, wie er darauf reagieren würde.
Aber eigentlich hatte ihn Akumas Schatz doch auch nicht verdorben, oder?
Vielleicht hatte Anka deshalb alles an sich genommen! Sie wollte ihren Bruder vor dem Einfluss schützen?!
Er riss sich von diesen unerfreulichen Gedanken los.
Die Treppenstufen knarrten unter seinem Gewicht, als er hinunter auf den Hof ging. Trotz des Wetters waren einige Männer an der Arbeit. Sie grüßten den Freiherren respektvoll.
Er wurde auch vom Dach des Stalles herunter gegrüßt. Ein unermüdlicher Dachdecker nagelte Schindeln trotz des Regens auf das marode Dach. Er strahlte den Freiherren an.
"Bald wird es nicht weiter durchregnen, Herr. Dann haben auch die Pferde ein Dach über dem Kopf und das Heu bleibt auch trocken!"

"Seht zu, dass du bei dem Wetter nicht krank wirst, es gibt schließlich noch mehr Dächer zu decken", rief Arnulf zu dem Mann hoch.
"Der Kerl wird fürstlich bezahlt von dir", murrte Hansen abweisend hinter ihm. "Da kann er doch auch mal nass werden!"
Er schüttelte den Kopf über die Freundlichkeiten des Freiherren.
"Mach mir die Arbeiter ja nicht kopfscheu, sonst musst du da hoch!"
Hansen winkte ab und verschwand im von ihm persönlich gut geheizten Gesindehaus.
Anschließend besuchte Arnulf Melnius. Der erhob immerhin schon den Oberkörper um den Freiherren zu begrüßen.
"Wirst du die Reise durchstehen", fragte er den ehemaligen Waffenmeister des Königs. Der sah ihn bleich und erschöpft an.
"Habe ich denn eine Wahl", fragte er zurück und lächelte unsicher. Ihm war klar, dass er ohnehin nicht lange hier bleiben konnte, ohne Probleme heraufzubeschwören.
"Der Zeitfaktor ist unser einziger Verbündeter. Deine ehemaligen Spießgesellen werden wohl nicht damit rechnen, dass wir so schnell aufbrechen." Arnulf war sich jedoch nicht sicher, ob er die Verfolger richtig einschätzte.
"Das wäre unbestritten ein Vorteil. Du musst mich auf dem Pferd festbinden, anders wird es vorerst nicht gehen", erklärte Melnius tapfer.
"Sollten wir nicht vielleicht einen Planwagen nehmen?"
"Er würde auffallen und unser Tempo zu sehr verlangsamen. Wir wären eine zu leichte Beute!"
Arnulf war sich nicht sicher, wie weit die unbestrittene Logik des Waffenmeisters mit dessen Konstitution deckte. Der nächste Tag würde es zeigen. Sie mussten auf jeden Fall einige Planen dabei haben.

Der Regen lies schließlich nach und der ehemalige Fährtensucher roch, dass sich das Wetter ändern würde.
Zum Abend klarte sich schließlich der Himmel auf. Sie würden sehr früh am nächsten Morgen aufbrechen. Es gab nun keine Ausreden mehr, ihr Vorhaben hinaus zu zögern.

Die Hausherrin ließ es sich nehmen, sie ein Stück auf dem Pferd zu begleiten.
Die Freifrau war vom Aufbruch ihres Mannes nicht besonders angetan. Arnulf hatte ihr nicht einmal verraten, was er vorhatte.
Als Ausgleich für sein ständiges Fernbleiben von ihrem neuen Zuhause hatte er ihr eine Rotte Jagdhunde geschenkt, die jetzt laut kläffend um die Reiter herum tobten. Arnulf gefiel der Lärm überhaupt nicht. Er musste den Wald hören können.
Bei dem Lärm konnte ihm ein Baum auf den Kopf fallen und er würde ihn nicht einmal hören. Aber seine Frau war glücklich, das war ihm natürlich wichtig.
Er bedauerte seinen Entschluss, ihr die Hunde zu schenken, schon unterhalb des Schlosses am Kreuzweg. Ein unauffälliges davonschleichen sah anders aus.
Die Freifrau sah den auf einem Pferd festgebundenen Waffenmeister immer wieder misstrauisch an. Sie sagte aber kein Wort. Ihr Mann hatte das sichere Gefühl, das sie Melnius diese Reise ankreidete. Er war ihr noch nie sympathisch gewesen und das wurde jetzt auch nicht besser.
Schließlich hielt sie ihr Pferd an und rief ihre Hunde zu sich.
"Ich traue ihm nicht", sagte sie leise, als sie sich von ihrem Mann verabschiedete.
"Er hat dir doch nichts getan", erwiderte Arnulf scheinheilig.

"Er ist für viele deiner Aufträge verantwortlich, ich weiß das! Ich möchte dich nicht wegen ihm verlieren!"
Sie verabschiedeten sich kurz von einander. Er fragte sich, wie seine Frau das immer erahnen konnte. Oder war Hansen so ein Schwätzer? Das konnte er sich gar nicht vorstellen, aber wer wusste das schon so genau?
Sie wandte sich an Karls, ihm vertraute sie wohl, da sie ihn schon lange kannte. Sie wandte sich mit ernsten Gesicht an ihn.
"Versprich mir, dass du ihn heil und in einem Stück zurückbringst!"
Der tätowierte Hüne lächelte auf die Freifrau herab.
"Natürlich bringe ich ihn zurück, wie schon hundert Mal zuvor!"
"Diesmal wird es aber anders sein", erklärte Antje prophetisch.
"Du willst mir doch nicht Angst machen", fragte Karls amüsiert lächelnd.
"Pass einfach auf ihn auf", sagte sie und wandte sich ab. Karls sah ihr Kopfschüttelnd hinterher.
"Man könnte denken, wir machen so etwas zum ersten Mal", brummte er mürrisch.
"Deine Frau mag mich nicht", stellte Melnius später fest, als sie den Weg nach Ylstenbyrg hinter sich gelassen hatten. Arnulf zuckte unbestimmt mit den Schultern.
"Das geht schon mein ganzes Leben so", erklärte der Waffenmeister. "Die Leute sehen mich und können mich sofort nicht ausstehen. Ich frag mich immer woran das liegt?"
"Meine Schwester könnte es dir bestimmt sagen", erwiderte Arnulf mehr aus Spaß.
"Bloß nicht! Sie macht mir ein wenig Angst", antwortete Melnius dumpf. Arnulf sah ihn stirnrunzelnd an.
"Sie saß manchmal, wenn ich in der Nacht erwachte, an meinem Bett. Sie hat einfach in mich hinein gesehen, ich hab es deutlich gespürt!"

Das war für Arnulf eine Neuigkeit. Gewiss war seine Schwester ein umtriebiges Mädchen, aber das sie an Melnius` Krankenbett saß, konnte er nicht deuten. Was konnte sie dazu veranlasst haben?
Der Waffenmeister schien sich aufgefordert zu fühlen, das zu erklären.
"Ich glaube, sie will etwas von mir haben."
"Was kann sie von dir haben wollen", fragte der Freiherr mehr zu sich selbst, als den Verletzten.
"Überleg doch mal Freiherr! Wir haben damals alles geplündert, wirklich alles was wir fanden!"
"Du meinst, dabei war etwas, was von Wert für sie ist?"
"So in etwa."
Arnulf konnte sich Zeit seines Lebens nur an die Verachtung seiner Schwester für alles Kostbare erinnern. Sie war davon überzeugt, dass diese Sachen die Menschen nur verdarben. Schmuck und andere Kostbarkeiten waren in ihren Augen völlig überschätzt, da sie keinen Wert beim Überleben in der Wildnis hatten. Zeit ihres Lebens versuchte sie zu ergründen, warum die Menschen so viel dafür opferten, oder sogar ihr Leben dafür hingaben.
Also um was konnte es sich handeln, das Anka ihre Grundsätze in diesem Fall vergessen ließ? Er konnte sich beim besten Willen keinen Reim darauf machen, also schob er diese Frage erst einmal bei Seite.
Sie hatten die Wahl, direkt nach Ylstenbyrg zu gehen und von dort weiterzureisen. Das wäre sicherlich mehr als gefährlich. Es gab dort zu viele Männer, die nur auf Melnius warteten.
Sie ließen die Stadt König Reinhardts rechts liegen und folgten dem Grenzweg weiter in Richtung zur Hohen Seite. An diesem Tag konnten sie die Niedermark noch nicht erreichen. Dazu war es zu weit, zumal sie auf Melnius Rücksicht nehmen mussten.

Das Nachtlager errichteten sie auf einer Lichtung nahe des Grenzweges. Der Bergwald war feucht und kalt. Sie wickelten sich in ihre Decken und schliefen unruhig.

Am nächsten Mittag hatten sie die Hohe Seite von Bergisch – Bachland erreicht und bogen unter dem Hardensitz in Richtung Niedermark ab. Hier verliefen sich mit sanften Bodenwellen die Berge des Gebirges hinter ihnen. Nur einige Birkenhaine verstellten ihnen den Blick.
Vom Hardensitz aus behielten die Bergbewohner vor langer Zeit das Flachland in kriegerischen Zeiten im Auge. Der Ausguck war ziemlich weit oben an einem Berg und war im Augenblick unbesetzt. Es herrschte Frieden mit den Nachbarn.
Es mussten schon Jahrzehnte vergangen sein, dass Männer dort oben nach Feinden Ausschau hielten.
Arnulf warf trotzdem einen prüfenden Blick nach oben.
Die Reiter verließen den Grenzweg und bogen nach Brandenhagen ab. Es war der erste bedeutende Flecken in der Niedermark, größer als ein Dorf und kleiner als eine Stadt. Dort würden sie wohl nicht den ehemaligen SchwarzRoten auf die Zehen treten, so hoffte es Arnulf jedenfalls.
"Du musst uns langsam einen Hinweis geben", sagte Arnulf zu dem schwachen Waffenmeister, der sich trotz seiner nicht verheilten Wunde recht gut auf dem Pferd hielt.
"Der Weg ist schon der Richtige", antwortete Melnius. "Dir ist wohl schon aufgefallen, dass wir schon seit einer Weile verfolgt werden."
"Die Reiter werden wir uns in Brandenhagen ansehen", erwiderte Arnulf nur, beinahe etwas gleichgültig.

"Es wird dieser Herold von Wulfenghar sein", vermutete Karls und sah zu seinem Freund herab.
"Dann muss ihm wohl jemand den Weg gewiesen haben!"
Sie erreichten bald das Dörfchen. Alles was sich von der Bevölkerung auf der Straße befand, hielt inne, um die Ankömmlinge aus den Bergen zu betrachten. Ungerührt steuerte Arnulf das Gasthaus an.
Es trug den schönen Namen "Zum Rollenden Mühlstein". Sie mussten ihren Pferden etwas Ruhe gönnen und der Waffenmeister musste sich etwas bewegen.
Der Wirt stand strahlend vor der Tür um seinen Gäste willkommen zu heißen. Sein Blick verfinsterte sich aber, je näher die Reiter kamen. Das waren Gäste, das wusste er aus Erfahrung, die Ärger mitbrachten. Das sah er auf den ersten Blick. Doch ein Blick auf den Hünen Karls sagte ihm auch, dass sie sich nicht einfach abweisen lassen würden. Also holte er tief Luft und machte schweren Herzens eine einladende Geste.
"Ihr habt Hunger und könnt bezahlen", stellte der Wirt mit einem beinahe freundlichen Lächeln fest, als sich die neuen Gäste an die wenigen Tische setzten. Zwei Männer blieben draußen bei den Pferden.
Wie zufällig rollten als Antwort Münzen mit dem typischen Geräusch von Silber über den Tisch, als die Männer sich setzten. Das gefiel dem dicken Wirt außerordentlich und mit einer unscheinbaren Bewegung verschwand das Geld in seiner Hand.
Ein mageres Mädchen bediente sie ohne ein Ton zu sagen. Auch die Männer am Tisch sprachen nicht weiter. Das hatte Arnulf so angeordnet. Niemand sollte hier etwas über ihr Ziel aufschnappen. Karls sah sich immer wieder um, ob hier irgendwo eine Gefahr lauerte. Doch nichts Bedrohliches geschah.

Eine gute halbe Stunde später erreichten weitere Reiter das Gasthaus und der Wirt stürzte hinaus vor die Tür, um sie zu empfangen.
Arnulf war nicht weiter überrascht, den Herold durch die Tür treten zu sehen. Der Mann des Königs nickte ihnen zu und setzte sich mit seinen Begleitern an die noch freien Nebentische. Der Wirt betrachtete die Situation aufmerksam. Er spürte die Spannung in der Luft.
Der Herold drehte sich zu Arnulf und sah ihm offen ins Gesicht. "Ihr kennt meinen Auftrag und werdet einsehen, dass ich euch nicht einfach ziehen lassen kann. Ich schlage euch einen Pakt vor, der so lange gilt bis ihr das gefunden habt, was ihr sucht. Dann könnten wir weiter entscheiden." Er hatte so leise gesprochen, das nur Arnulf verstand, was er sagte.
Karls sah aufmerksam den Freiherren an und wartete auf den Befehl die Männer niederzumachen. Ihn störten die Königstreuen am Nebentisch. Angus nestelte ebenfalls an seiner Armbrust. Arnulf hob die Hand etwas.
"Du meinst, wir bündeln unsere Kräfte und wenn wir das Gesuchte gefunden haben, bringen wir uns um?"
"Vielleicht gibt es ja auch eine andere Lösung", antwortete der Herold mit einem fröhlichen Lächeln.
"Es würde sicherlich deinen König nicht erfreuen, wenn du seine Männer irgendwo hier verscharrst", fügte er noch hinzu.
"Es würde die Beziehungen belasten, zweifellos."
Der Freiherr wägte die Optionen ab. Eine paar Männer mehr, würde unter Umständen entscheidend sein können. Er würde mit dem Herold, dessen genauen Auftrag bereden müssen, um dann zu passender Zeit ein Lösung zu finden.
Angus war offensichtlich zu dem gleichen Schluss gekommen.

"Ein paar Schwerter mehr könnten im Augenblick nichts schaden", sagte der Kämpfer. Karls war da etwas vorrausschauender.
"Falls wir wirklich etwas finden, werden wir viele Probleme mit einem Mal haben. Es wäre besser, wenn wir sie ziehen lassen!"
"Mein Auftrag besteht nicht darin, euch des Nachts zu meucheln, Herr", sagte der Herold nun etwas lauter in die Runde.
"Ich soll den Waffenmeister heil nach Haus bringen, weiter nichts!"
"Das lässt nicht viel Spielraum", erklärte Karls schief grinsend und drohte mit dem Finger.
Später, sie rauchten schon ihr Pfeifen, betraten weitere Männer den Schankraum. Der Wirt schien sie gut zu kennen. Er begrüßte sie mit viel Lärm. Arnulf bemerkte während dessen, dass sich der Waffenmeister immer kleiner machte. Er sah ihn fragend an.
"Ich kenne zwei von ihnen", flüsterte er.
"Aus der Zeit?" Der Waffenmeister nickte.
"Du gehst mit Karls schon raus. Er geht dicht hinter dir!"
Karls war nicht sehr erfreut darüber, sein Humpen war noch halbvoll. Knurrend erhob er sich. Der Waffenmeister war hinter seinem riesigen Körper nicht zu sehen. Aber er zog den Blick der neuen Gäste unweigerlich auf sich.
Sie riefen ihn etwas Provozierendes hinterher. Doch Karls verließ gleichgültig das Wirtshaus.
"Der Riese hat wohl nicht den Mut eines Riesen", sagte ein Kerl feixend.
"Es ist besser für dich, dass er sich nicht zu dir umgedreht hat", knurrte Angus kalt. Sofort lag Spannung in der Luft. Das war natürlich nicht in Arnulfs Sinn.
"Meine Herren, wir sind in Eile. Es wird heute keine Kneipenschlägerei geben!"
"Woher willst du das wissen. Wir haben hier wohl einige Hasen zu Besuch!"

Einer der Männer hatte sich langsam erhoben. Der Wirt hatte sich beschwichtigend zwischen die Gruppen gestellt.
"Jungs setzt euch doch hin und trinkt einen aufs Haus", rief er besorgt. Er wurde zur Seite geschoben. "Das machen wir, wenn wir diesen Hasen das Fell über die Ohren gezogen haben!"
Die Männer aus Bergisch-Bachland waren schon dabei zügig ihre Pferde zu satteln, als die Tür hinter ihnen aufflog, so dass das Schild "Zum Rollenden Mühlstein" darüber stürmisch zu pendeln begann.
Die herausstürmenden Streithähne blieben jedoch hinter der Türschwelle sofort stehen.
Sie sahen sich plötzlich in der Unterzahl. Blicke wurde gewechselt. Ein, zwei waren nicht bereit so einfach kampflos aufzugeben. Doch die drei Anderen drehten sich schon um und verschwanden wieder im "Rollenden Mühlstein".
Wortlos ritten die Leute Arnulfs davon. Sie atmeten aber erst auf, als Brandenhagen ein ganzes Stück hinter ihnen lag.

Markttag in Walmsberg

Die Reise ging überraschend ereignislos weiter. Sie begegneten gelegentlich einigen Bauern und Fuhrleuten. Niemand trachtete ihnen nach dem Leben.
Hinter ihnen entfernten sich die heimatlichen Berge immer weiter. Später am Nachmittag erhob sich der Marktflecken Walmsberg vor ihnen. Hier in Sichtweite, waren auch deutlich mehr Menschen unterwegs.
Der Walmsberg war eigentlich nur ein von einer Palisade umfasster kleiner Hügel, der sich über dem flachen Land erhob.
Für die Männer aus Bergisch-Bachland war das bestenfalls eine kleine Bodenwelle. Warum hier von einem Berg die Rede war, erschloss sich ihnen nicht.

Sie verfolgten gemächlich einige Fuhrwerke und erreichten am frühen Abend das Städtchen.
Die Wachen am hölzernen Stadttor beäugten sie Reiter misstrauisch. Sie erkannten sofort, dass es Leute aus der Fremde waren. Ein Wächter fragte sie nach ihrem Anliegen in dieser Stadt.
"Wir wollen hier nur Übernachten, wenn es eine Herberge gibt", antwortete Angus etwas säuerlich.
Der Wächter empfahl ihnen freundlich den "Katzenblick", dass wahrscheinlich das teuerste Haus am Platze war.
Sie mussten sich dahin schon energisch den Weg bahnen, denn heute war Wochenmarkt und die engen Gassen zwischen den Holzhäusern quollen über vor Menschen.
"Das ist also Walmsberg", sagte Angus feststellend und sah sich um.
"Du warst schon mal hier", fragte Rupert erstaunt. Angus winkte entsetzt ab.
"Nein, nein. Mein Schwager hatte früher immer so geschwärmt von diesem Flecken."
"Dann hat er wohl nicht viel von der Welt gesehen!"
"Er glaubte genug gesehen zu haben", erwiderte Angus lachend. "Oder alles Wichtige jedenfalls!"
Im den bunten Treiben konnten sie hoffen keine Aufmerksamkeit auf sich zu ziehen.
Karls sah sich mit Argusaugen um. Arnulf sah ihn fragend an.
"Hier wird es sicherlich auch viele Taschendiebe geben", erläuterte er knapp. Er hatte anscheinend schon seine Erfahrungen gemacht.
Sie erreichten schließlich das Wirtshaus. Der Freiherr sinnierte über den Namen "Katzenblick", doch er kam zu keinem Ergebnis.
Auch das Wirtshaus war gut besucht. Ein feister Wirt eilte auf sie zu.

"Gute Abend meine Herren, ihr wollt einen Tisch? Das ist kein Problem!"
Der Herold kam mit seinen Männern erst später. Es sollte nicht so aussehen, als wenn sie zusammen gehörten.
Arnulf konnte dem Wirt ein Zimmer mit sechs Pritschen abluchsen, obwohl alle Zimmer belegt sein sollten. Arnulf bezahlte im Voraus, das ließ den Wirt umdenken.
"Er hat uns übers Ohr gehauen", sagte Karls böse, als sie den Raum betraten. Allerlei Gerüche aus der Küche zogen durch das Zimmer. An einigen Stellen konnte man in den Himmel sehen. Arnulf winkte ab. "Für eine Nacht wird es gehen."
"Wir sollten unser Silber zurück verlangen!" Karls war sichtlich ungehalten.
"Du solltest das nicht so hinnehmen", rief er. Arnulf wusste, dass sein Freund Recht hatte. Aber er wollte jetzt keinen Streit vom Zaun brechen. Aufsehen zu erregen war jetzt das letzte, dass sie tun sollten.
Karls kam aber schon einige Minuten später mit dem Wirt am Kragen die Treppe hinauf und schleuderte ihn in das Zimmer. Angus fing ihn geistesgegenwärtig auf. Der Wirt keuchte ängstlich. "Ich habe Euch das letzte Zimmer gegeben, was wollt ihr mehr?" Er fühlte sich im Recht.
"Hier wird es heute Nacht durchregnen und ich kann riechen, was deine Köchin da unten für einen Fraß zusammen braut", donnerte Karls erbost. Er wies mit seiner Pranke in die Abendhimmel den man gut sehen konnte.
"Wenn es euch missfällt, können wir das Geschäft auch rückgängig machen. Ich gebe euch das Geld zurück, abzüglich eines kleinen Einbehalts für meine Mühe und ihr könnt woanders euer Glück versuchen."

Der Wirt gab nicht so einfach klein bei. Er sah Karls ohne einen Anflug von Furcht ins Gesicht.
"Im Übrigen bin ich mit dem Unterleutnant der Stadtwache verwandt. Wenn ihr es auf Ärger anlegt, bitte, nur zu!"
Karls hob den feisten Mann bis knapp unter die Decke. Er schien sich dabei nicht sonderlich anzustrengen.
"Wie wäre es mit einem kleinen Nachlass und wir vergessen die Sache", fragte Angus schnell, ehe Karls dem dreisten Mann etwas antat. Dem Wirt ging langsam die Luft aus. Er nickte ein wenig und schnappte nach Luft.
Wortlos ließ er einige Münzen in Angus geöffnete Hand fallen.
Der Wirt musterte die Männer um sich herum genau, als wollte er sich ihre Gesichter genauestens einprägen. Karls trat ihm drohend entgegen. Wortlos verließ der Wirt das Zimmer.
"Er wird das nicht vergessen", sagte Arnulf ungehalten zu seinen Leuten.
"Das hoffe ich auch", antwortete Karls zufrieden. Er konnte nichts Falsches an seinem Vorgehen erkennen.
"Wir werden sicherlich Besuch bekommen."
"Was meinst du?"
"Er wird das nicht so auf sich beruhen lassen."
Sie beschlossen sich ein wenig auf dem Jahrmarkt umzusehen. In ihrer Heimat gab es nur einmal im Jahr auf dem Sommerfeld so ein Fest.
Sie wurden schnell von dem Strom der Menschen zum Zentrum des Dorfes gespült. Es gab hier so ziemlich alles, was man sich vorstellen konnte. Wahrsager hatten ihre Stände, Gaukler versuchten sich gegenseitig mit ihrem Können aus zu stechen. Es roch überall nach Essen und Trinken.
Einige Betrunkene lagen am Rande des Marktes auf dem Boden. Die Besucher stiegen einfach über sie hinweg.

Das unbestrittene Zentrum des Treibens, war jedoch ein Ring, in dem sich kräftige Männer versuchten zu Boden zu werfen.
Arnulf betrachtete die Kämpfe interessiert. Es gab anscheinend keine Regeln. Das Publikum brüllte bei jeder Bewegung vor Erregung. Es roch nach Schweiß und Blut. Überall wurde auf die verschiedenen Kämpfer gewettet.
Die Männer aus den Bergen sahen sich die Kämpfe fasziniert an. So ein Vergnügen gab es bei ihnen nicht. Später, als einige Niedergeschlagene weggetragen wurden, brach hysterischer Jubel aus.
Ein Ausrufer kündigte nach kurzer Pause den Champion mit sich überschlagender Stimme an. "Albarecht, der Knochenbrecher!"
Ein großer, brutal aussehender Mann stieß den Ausrufer einfach beiseite und ließ sich feiern. Er regte seine mächtigen Arme in die Luft um das Publikum weiter anzuspornen und sie jubelten noch erregter.
Am anderen Ende des Kreises bahnte sich ein anderer Kämpfer den Weg durch das Jahrmarktsvolk. Er war nicht minder beeindruckend gebaut und verlangt auch für sich Applaus. Der fiel wesentlich gedämpfter aus, so dass sich der Kämpfer genötigt fühlte, den überraschten Ausrufer kurzerhand in die Menge zu werfen. Das heizte die Stimmung fast bis zum Siedepunkt an. Die Zuschauer jubelten in Vorfreude, was als nächstes kommen mochte.
"Wie heißt du armer Irrer", fragte der Ausrufer ohne mit der Wimper zu zucken. Er schien solche Behandlung gewohnt zu sein.
"Jörgis Steinschädel, du kleine Wanze! Geh endlich aus dem Weg und lass uns Männer kämpfen!"
Die Meute jubelte noch lauter. Das war ein Mann nach ihrem Geschmack.
Albarecht drehte sich gelassen um und die beiden Männer umkreisten sich einige Male.

Jörgis Arm schnellte vor und griff nach Albarechts Kopf. Es sah aus, als könnte er ihm im nächsten Augenblick das Genick brechen, doch sein Gegner schlug ihn zwei mächtige Hiebe in die Magengrube, so das Jörgis kurz der Atem schwand. Albarecht hatte sich schon aus dem Griff befreit und rannte seinen Kontrahenten die Schulter ins Gesicht.
Der Kreis um die Ringer wurde immer enger, so dass auch die vordersten Zuschauer einen Teil des Kampfes hautnah miterlebten. Einige umgestürzte Männer wurden an den Beinen weggezogen. Der Kampf der beiden Athleten tobte indessen weiter.
Beide waren gleichstark und sie waren erfahrene Kämpfer. Es konnte noch ewig dauern bis einer unterlag. Das war natürlich nicht im Sinne der Wettbetreiber.
Als Jörgis einen neuen Anlauf auf seinen Gegner startete, wollte aus unerfindlichen Gründen sein rechtes Bein nicht mitlaufen und er strauchelte. Albarecht nutzte sofort die Gelegenheit und warf seinen Gegner zu Boden. Er ließ sich mit seinem ganzen Gewicht auf Jörgis fallen und schlug wie ein Besessenere auf ihn ein. Einige Rufe wurden laut, dass er aufhören sollte. "Du schlägst ihn noch tot!"
Albarecht sprang wütend auf die Beine. Auch wenn er nach Atem rang, sah er sich nach den Rufern um und griff sich den einen oder anderen aus der Menge, um ihn mit der Faust zu bearbeiten. Der Kampf begann sich in einen Tumult zu verwandeln. Es wurden Rufe nach der Wache laut.
Arnulf wollte schnellstens hier verschwinden. Die Probleme lagen greifbar in der Luft. Er drehte sich zu Karls, um ihm zum Aufbruch zu bewegen. Doch in diesem Augenblick fühlte er einen heftigen Stoß in den Rücken, der ihn in den Ring zwischen die beiden Jahrmarktkämpfer beförderte.

Er taumelte Halt suchend gegen Albarecht. Jemand versucht seine Arme auf den Rücken zu drehen.
Das war eine Falle! Mit aller Kraft wand er sich, um die Arme frei zu bekommen. Er versuchte hoch zu springen, um zu sehen, wo Karls im Augenblick war. Doch mehrere Arme drückten ihn wieder hinunter. Es waren also mehrere Angreifer! Arnulf konnte sein Messer nicht greifen!
Nach einem weiteren heftigen Stoß in den Rücken stieß er direkt gegen Albarechts Brust. Der Jahrmarktkämpfer sah ihn kurz irritiert an. Mit einem fast gleichgültigen Schlag schleudert er Arnulf zurück in die Meute. Dem Freiherren schwand der Atem. Es wurde kurz dunkel vor seinen Augen. Er drohte zu Boden zu fallen, was in dem Gedränge zu seinem Verhängnis werden konnte. Er wurde regelrecht zu Boden gepresst. Er fühlte dabei, dass sein Messer aus der Scheide gezogen wurde.
Ein energischer Stoß beförderte ihn aus dem Kreis und er lag Rupert zu Füssen. "Herr geht's dir gut? Bist du verletzt?"
Er half dem Freiherren mit einem kräftigen Schwung auf die Beine. Arnulf sah sich um, doch er wurde von niemanden beachtet. Doch hier in der Menge steckten Männer die ihm aus den Weg schaffen wollten. SchwarzRote? Verfolgten sie ihn etwa?
Er konnte das nicht ausschließen. Es wäre auch merkwürdig gewesen, wenn sie ihn einfach ziehen lassen würden. Hier in dem Gedränge waren sie eindeutig im Vorteil. Und seine Gegner hatten kein Gesicht.
Doch er hatte im Augenblick andere Sorgen, denn Albarecht stand plötzlich vor ihm. Er hatte sich rabiat seinen Weg durch die Menge gebahnt, um Arnulf zu finden.
"Hat man dich beauftragt diesen Tumult zu veranstalten, um meinen Ruf zu ruinieren?"

Er wollte sich auf den benommenen Freiherren stürzen. Doch Angus stellte sich ihm in den Weg. "Lass ihn in Ruhe, er ist nur zufällig Zeuge deines Theaters. Jörgis hätte dich geschafft, wenn man hier fair kämpfen würde, jede Wette!"
Es war schlagartig so still, dass man eine Stecknadel hätte fallen hören können.
Jemand hatte in aller Öffentlichkeit sein eigenes Todesurteil ausgesprochen! Die Leute reckten neugierig die Hälse um besser sehen zu können.
Indessen wurde Arnulf eilig aus dem Gefahrenbereich gezogen und kam wieder zu sich.
Albarecht stürzte sich wütend mit einer Bewegung auf den um einiges kleineren Mann. Doch der war schon unter seinem Arm durchgetaucht und trat ihm von hinten ins Knie. Albarecht brauchte nur kurz um sein Gleichgewicht wieder zu finden. Doch sein Gegner war schon wieder auf seiner falschen Seite und trat wieder gegen sein Knie. Der Kämpfer schrie vor Schmerzen auf. Er schlug mehrmals nach dem kleinen Mann. Angus, als ehemaliger Tunnelkämpfer, war schon mit weniger Platz ausgekommen und umtanzte seinen Gegner. Dabei blieb er immer außerhalb seiner Reichweite.
Das Publikum honorierte das mit stürmischen Applaus. Das machte Albarecht den Knochenbrecher nur noch wütender. Würde Angus ihm in die Hände fallen, wäre sein Leben verspielt. Karls pflügte sich nun durch die Zuschauer, um zu Angus zu gelangen.
Dieses Spiel musste ein Ende haben!
Eine gespannte Stille trat ein, als der große tätowierte Hüne neben Angus stand. Er stemmte seine Hände in die Seite und sah sich um. Albarecht war so klug, nicht sofort einen Händel mit dem Kahlkopf zu beginnen.

"Ich kämpfe nicht mit Söldnern", rief Albarecht stattdessen mit Verachtung in der Stimme. Seine Stimme war laut genug, um die Umstehenden zu erreichen. Er verschränkte die Arme demonstrativ vor der Brust.
"Das war auch nicht mein Anliegen", erwiderte Karls gelassen und zog Angus, der etwas in Rage war, hinter sich her.
Ein unzufriedenes Murmeln ging durch die Menge. Albarecht wollte nun nicht den Anschein von Feigheit erwecken.
"Ja, lauf nur, auch mit dir wäre ich fertig geworden. Karls schüttelte lachend seinen kahlen Kopf.
"Du bist auch nur ein Maulheld!" Einige Augenblicke sah es so aus, als wenn Albarecht sich auf Karls stürzen würde. Er blieb aber doch in der jubelnden Menge stehen und grinste etwas unsicher sein Publikum an.
Arnulf ging schwankend an dem grinsenden Herold vorbei, der Zeuge dieser turbulenten Szene gewesen sein musste.
So unauffällig wie möglich begaben sie sich zurück zum Wirtshaus. Sie setzten sich in den fast leeren Schankraum. Eine ältere Frau bediente sie.
"Da war ganz schön was los auf dem Jahrmarkt", sagte sie beim Ausschenken und warf einen bezeichnenden Blick auf den etwas gerupft aussehenden Freiherren.
"Die Stadtwache war schon fast auf dem Weg."
Die Frau war begierig auf Neuigkeiten, doch ihre Gäste blieben stumm. Sie unterhielten sich leise und behielten dabei den Raum im Auge. Erst später flog die Tür auf und herein kam ausgerechnet Albarecht mit einigen Bekannten. Arnulf stöhnte innerlich auf. Er sah die Probleme schon auf sich zukommen. Den Freiherren beschäftigte immer noch, wer ihn direkt vor Albarechts Fäuste gestoßen hatten. Die einfachste Erklärung war, einer seiner Begleiter wollte ihn töten.

Der Kämpfer setzte sich an den Nebentisch und faste Karls fest ins Auge. Aber er sagte nichts.
Der Abend blieb ruhig. Der Freiherr beendete zeitig das Gelage, sie wollten schließlich früh weiterziehen.
Als er an Albarecht vorbei wollte, hielt der ihm am Ärmel fest. "Was sollte das vorhin, du bist nicht meine Gewichtsklasse. Bist du deines Lebens überdrüssig?"
Er sah ihn interessiert an. Arnulf wusste nicht, was er dazu sagen sollte.
"Ich glaube, da hat es jemand auf dich abgesehen. Für so einen Hänfling wie dich brauche ich nur einen Schlag. Du solltest gut auf dich aufpassen, Kleiner. Irgendwer hat dich fest im Blick!"
Arnulf nickte und war erstaunt über Albarecht.
"Danke für die Warnung", erwiderte Arnulf überrascht.
Albarecht sah jedoch schon wieder gelangweilt in eine andere Richtung.
Sie begaben sich auf ihr Zimmer und waren auch recht bald eingeschlafen.
Arnulf konnte die Nacht jedoch kaum schlafen. Die Geräusche in dem Haus ließen ihn alle Augenblicke hochfahren. Auch draußen war wohl immer noch die halbe Stadt auf den Beinen.

Am frühen Morgen, beim ersten Sonnenstrahl, stand er völlig zerschlagen auf und weckte seine Mitstreiter. Zügig packten sie ihre Habseligkeiten zusammen und verließen das Wirtshaus.
"Du hast es ja sehr eilig, Kleiner", sagte jemand neben dem Eingang. Albarecht stand mit einem durchgewetzten Hausrock neben der Tür und grinste."Du bist ja wohl auch schon mit dem ersten Sonnenstrahl auf den Beinen", erwiderte Arnulf

diplomatisch. Er wollte jetzt nicht aufgehalten werden. Schon um zu versuchen, den Herold hinter sich zu lassen.
"Wenn man euch hier so eilig herumschleichen sieht, könnte man glauben, ihr habt Dreck am Stecken!"
Arnulf lachte ein wenig.
"Da täuschst du dich, wir fliehen nicht vor jemanden, sondern wir haben noch einen weiten Weg! Der frühe Vogel fängt den Wurm."
"Die, vor denen ihr nicht flieht, sind euch aber schon auf dem Fersen", sagte Albarecht lachend und wies auf die Männer des Herolds, die schon fertig auf ihren Pferden saßen und auf den Freiherren warteten.
"Es ist mehr ein Spiel, werter Herr", sagte der Herold an seine Mütze tippend zu Albarecht.

Die Niedermark

Sie sahen vor sich eine steinerne Brücke, die von zwei recht mitgenommenen Unterständen für die Schildwachen flankiert wurden.
"Wir verlassen das Königreich Ylsten", murmelte Melnius. Er klang nicht sehr erfreut darüber. Hier war Arnulf noch nicht gewesen.
"Was sind das für Leute hier?"
"Sie werden dir nicht gefallen", prophezeite Melnius. Karls knurrte zustimmend.
"Die Herren der Niedermark sind aufgeblasene Angeber. Damals in der Schlacht sind sie gerannt wie die Hasen."
"Und hier müssen wir durch, anders geht es nicht?"
"Wir hätten sie damals ausrotten sollen", erklärte Melnius ernst. Natürlich meinte er es nicht so.

Die Wachen an der Brücke waren schon auf sie aufmerksam geworden und sahen ihnen entgegen. Sie rückten ihre Ausrüstung zurecht, um die Reisenden gebührend zu empfangen.
"Wir verlangen Wegzoll, wenn ihr unser Land durchqueren wollt!" Der Wächter hatte die Hand auf dem Schwertknauf.
"Ihr seid doch nur auf der Durchreise, hoffe ich für euch. Ihr seht mir wie ausgesprochene Galgenbrüder aus", erklärte der andere Zöllner und lachte amüsiert. Er warf einen strengen Blick auf die Reiter.
"Wir hatten es uns hier gastfreundlicher vorgestellt in der Niedermark", erwiderte Arnulf kalt.
"Oh, der Herr mit dem dicken Ring am Finger, ist unzufrieden mit uns, wir sind ihm nicht höflich genug", rief der Wächter und stellte sich breitbeinig vor die Gruppe. "Dreht einfach um, dann lebt ihr länger! Wir hier in der Niedermark können auf solche Galgenstricke wie euch gut verzichten! Mit Pack wie Euch machen wir kein langes Federlesen, das könnt ihr glauben!"
Wortlos drückte Arnulf dem Mann einige Münzen in die Hand.
"Das dürfte wohl reichen, " sagte er langsam und sah dem Wachmann fest in die Augen.
"Ich sollte euch alle arretieren, das ist niemals Euer eigenes Geld." Der Zöllner zog langsam sein Schwert hervor.
Derweilen kam ein Offizier von der anderen Seite der Brücke gelaufen und sah die Fremden fragend an. "Korporal, erstatte mir Meldung", rief er barsch. Der Zöllner stotterte etwas zusammen, das seinem Vorgesetzten überhaupt nicht gefiel.
"Sie gewähren den Männern sofort durchlass. Sogar sie müssten erkennen, wenn sie einem Edelmann gegenüber stehen!"
"Das sind doch bloß Straßenräuber...."

Arnulf bedankte sich bei dem Offizier und stellte sich vor. Der entschuldigte sich für die Verzögerung und erstattete sogar etwas vom Wegzoll zurück.
Sie überquerten die Brücke und ließen Ylsten hinter sich. Nun waren sie in der Niedermark.
Der Waffenmeister zeigte an der nächsten Kreuzung nah links. Es war flaches Land, ohne markante Wegmarken.
"Werden wir lange brauchen", fragte der Freiherr den Waffenmeister.
"Für den ersten Abschnitt nicht."
"Was soll das bedeuten", fragte Angus. Er war nach wie vor skeptisch, was den Waffenmeister betraf.
"So einen großen Schatz vergräbt man nicht einfach unter einem Baum!"
Melnius sah die Männer ernst an. Arnulf überlegte, wie sie die Beute aus der Niedermark bekommen sollten.
Es war für Arnulf deprimierend, auf dieses völlig ebene Land zu sehen. Es gab eigentlich nichts zu sehen. Die Einheimischen waren ihnen gegenüber sehr zurückhaltend. Etwas hinter ihnen folge ihnen der Herold. Er kümmerte sich nicht weiter um Arnulf und gab nur Acht, den Anschluss zu ihnen nicht zu verlieren.
Eine Frage geisterte in seinem Hinterkopf den ganzen Vormittag herum. Warum hatte ihn der Offizier so dringend passieren lassen? Es erschien ihm unlogisch, denn der Zöllner hatte im Grunde Recht ihnen zu misstrauen! Von seinen eigenen Männern würde er auf jeden Fall so viel gesundes Misstrauen fremden Gesichtern gegenüber erwarten. Es blieb nur der Schluss, dass noch eine Partei Interesse an seiner Suche hatte. Die würde sich sicherlich erst spät zu erkennen geben. Wenn absehbar war, dass sie den Schatz tatsächlich fanden.

"Fällt dir auf Anhieb jemand ein, der auch das haben will, was wir suchen?"
Melnius sah Arnulf überrascht an. Er blinzelte etwas.
"Wie meinst du das? Jeder im Umkreis von hundert Tagesmärschen hat den Wunsch diese Reichtümer in seinem Keller zu vergraben! Was soll die Frage?"
"Der Wachhabende an der Brücke war so sehr an unserem Vorrankommen interessiert!"
Der Waffenmeister lachte leise. "Ich habe schon gedacht, dir wäre dies nicht aufgefallen."
Arnulf winkte ärgerlich ab.
"Was wäre dein Vorschlag?"
"Wir brauchen einem Platz zum Übernachten, an dem wir uns verteidigen können! Ich hätte da auch einen Vorschlag."
Arnulf ließ ihm mit einer Handbewegung den Vortritt. Er sollte die Männer nun anführen.
Im gemächlichen Tempo kamen sie ohne weitere Probleme voran. Die Einheimischen machten ihnen bereitwillig Platz, wenn sie ihrer ansichtig wurden. Dem Freiherren war diese Unterwürfigkeit nicht geheuer.
Am frühen Nachmittag ließ Melnius halten.
Der Waffenmeister zeigte in Richtung eines kleinen Wäldchens.
"Dahinter können wir übernachten, wenn wir Glück haben. Dort müsste sich eine kleine Burg befinden."

Eichgrund

Er sollte Recht behalten.
Die Verteidigungsanlage machte zwar einen etwas heruntergekommenen Eindruck. Man konnte aber trotzdem

erkennen, dass sie in vergangenen Zeiten einmal ein Schmuckstück gewesen sein musste.
"Ihr wart auch hier und habt getan, was ihr immer getan habt", fragte Karls leise. Melnius nickte nur stumm.
Trotzdem blieben sie vorsichtig. Sie schlichen an der Mauer entlang. Die Männer begutachteten das Tor. Angus drückte kräftig gegen das Holz. Mit einem hässlichen Geräusch gab es den Wiederstand auf und drohte ihnen fast entgegenzufallen. Die Wehrgänge waren unbesetzt. Teilweise waren sie eingestürzt. Auf dem Weg zum Haupttor waren sie ungeschützt. Für einen geübten Bogenschützen wären sie eine leichte Beute. Doch nichts rührte sich. Trotzdem begutachteten sie nervös die Scharten. Das Tor öffnete sich einen Spalt und eine schwertschwingende Figur rannte schreiend auf sie zu. Die Schwerter wurden rasch aus den Scheiden gezogen. Karls hatte seine Wurfäxte in der Hand.
Arnulf hob die Hand. Er wollte abwarten was dieser einsame Kämpfer vorhatte.
Melnius schlug dem Angreifer einfach das Schwert aus der Hand. Nun wurde er direkt angegriffen. Sich zu verteidigen war er zu schwach. Angus rempelte dem Angreifer in die Seite und der stürzte zu Boden. Der Helm rollte zur Seite. Die Männer aus den Bergen sahen in das wütende Gesicht eines Mädchens.
"Was wollt ihr Tagediebe hier? Andere waren schneller, wie ihr sehen werdet! Es lohnt nicht die Mühe, hier noch einmal alles auf den Kopf zu stellen!"
Arnulf stellte sich vor das Mädchen und wollte ihr aufhelfen. Doch sie stieß seine Hand verächtlich weg.
"Du bist der Schutz dieser Burg", fragte er überrascht. Das Mädchen funkelte ihn böse an.
"Das geht dich überhaupt nichts an! Ziehe weiter, hier wurde schon mehrfach alles geplündert!"

"Wir würden gern für die Nacht ein Dach über dem Kopf haben", sagte er zu dem Mädchen. Sie zuckte mit der Schulter.
"Ich kann es euch ja nicht abschlagen, warum fragt ihr extra, etwa um mich zu demütigen?"
"Wir würden auch bezahlen", warf Melnius ein. Das Mädchen sah sie stumm an. Sie rang eine Weile mit sich. Dann drehte sie sich um und ging ohne einen Wort durch das Haupttor zurück auf den Burghof.
Die Männer sahen sich achselzuckend an und folgten ihr dann. Es bestand immer noch die Gefahr einer Falle.
Mit verschränkten Armen stand sie an der Tür zum Hauptgebäude. Trotzig sah sie den Männern entgegen.
Als Arnulf vor ihr stand hielt sie ihm die geöffnete Hand entgegen. Er ließ einige Münzen in ihre Hand fallen. Aufmerksam betrachtete sie die Münzen. Dann gab sie den Weg frei.
"Die Pferde können da drüben in den Stall", sagte sie trocken.
Arnulf folgte ihr ins Haus.
"Vater, wir haben Gäste", rief sie laut in Richtung Haus.
Das Haus an sich sah sehr wehrhaft aus. Es ließ sich nicht einfach im Handstreich erobern, wenn die Wachen auf dem Posten waren. Das erste Stockwerk bestand aus Steinquadern, mit Scharten statt Fenstern. Wenn man da hineinwollte, sollte man es besser im ersten oder zweiten Stock versuchen.
Unter den misstrauischen Blicken des Mädchens gingen sie hinein ins Halbdunkel. Das mächtige Eichentor wies Kampfspuren auf. Es hatte aber dem Ansturm standgehalten.
Auffällig war das die Holzbalken des Fachwerks alle rot gestrichen waren, auch wenn die Farbe schon vielerorts abgeblättert war.
Arnulf war beeindruckt. Auch über dem Eingangsbereich waren Schlitze in der Decke durch die man allerlei siedende Flüssigkeiten

auf die Gegner schütten könnte. Es würde hier auch nicht viel bringen, Feuer zu legen.
Sie wurden in den ersten Stock über eine verborgene Treppe geführt. Oben wurden sie von einem alten Mann empfangen, der sich stolz gerade hielt. Er betrachtete die Männer zurückhaltend, als erwarte er nichts gutes von ihnen.
Arnulf stellte sich dem Alten als Freiherr von Bergisch-Bachland vor. Der Alte verneigte sich leicht.
"Der Graf von Eichgrund heißt sie Willkommen auf seiner Burg", sagte der alte Herr im vollen Ernst. Er bewahrte seine Würde vor diesen fremden Eindringlingen.
Er führte sie in einen Saal, der noch ein wenig von der vergangen Pracht ausstrahlte, auch wenn sich kaum noch Kostbarkeiten darin befanden. Der Wandbehang wirkte, trotzdem er an den Ecken angekohlt war, immer noch prächtig.
"Ich glaube, ich kann den Herren kein Mal anbieten, wir haben nichts mehr in der Vorratskammer." Er sah seine unerwarteten Gäste betrübt an.
"Ich glaube, wir haben genügend dabei, um ein frugales Mal kredenzen zu können", erwiderte Arnulf beflissen. Dieser Graf war ihm sympathisch.
"Wenn ihr vielleicht ein gutes Küchenfeuer hättet, würden sich die Männer bemühen, etwas Anständiges für ein Abendmahl anzurichten."
"Meine Tochter Gwendolin wird euch die Küche zeigen", sagte der Graf mit deprimiertem Gesicht.
"Leider könne wir uns keine Angestellten mehr leisten", fügte der alte Graf hinzu. "Nur mein alter Stallmeister teilt mit uns noch das Dach."
Angus wärmte über der Kochstelle das mitgebrachte Fleisch an und röstete das Brot.

"Ich muss euch warnen, meine Herren", erklärte der Graf in Weinlaune. "Hier lauern noch andere Gefahren als Verfolger und Diebe. Wir haben hier am Eichgrund auch unsere eigenen Geister, die des Nachts unachtsame Menschen in den Sumpf ziehen. Es gab hier immer wieder Leute, die nicht zu Haus angekommen sind."
Die Männer des Freiherren winkten ab. "Das haben wir zu Hause auch alles."
"Aber meine Herren, ihr werdet die Mahnung eures Gastgebers nicht so einfach in den Wind schreiben! Seit auf der Hut, wenn nachts der Nebel von den Sümpfen hochsteigt, dann lauft nicht draußen durch die Nacht. Es würde euch nicht bekommen!"
Arnulf ließ eine Wache aufstellen und die restlichen Männer legten sich auf ihren Decken nieder.
Arnulf gesellte sich zu dem Waffenmeister. "Du kennst die Leute hier?" Melnius nickte leicht. "Wir hätten hier eine gute Basis."
"Können wir denn von hier dieses Versteck erreichen?" Der Verletzte nickte zustimmend.
"Ohne größere Probleme, aber denk daran, es ist eines von mehreren."
"Darüber mache ich mir Gedanken, wenn ich sehe wie groß das Problem ist."

Am nächsten Morgen wurden sie von einem alten Stallknecht geweckt. Draußen regnete es heftig. An mehreren Stellen lief das Regenwasser durch das Dach in das Gebäude. Das Mädchen beachtete dies gar nicht. Arnulf störte das jedoch gewaltig. Er konnte nicht mal sagen, warum das so war. Es erinnerte ihn an die erste Zeit in dem Jagdschloss, das er jetzt bewohnte.
Er befragte den Grafen. Der sah ihn resigniert an.

"Soll ich etwa auf das Dach klettern und Schindeln nageln?" Das war für ihn ein Gedanke, der Abscheu in ihm erweckte. "Und Euer Stallknecht?"
"Der hat noch mehr Winter gesehen als ich! Das kann ich ihm nicht zumuten."
"Gut, ich mache euch einen Vorschlag. Wenn wir hier zwei Zimmer für einige Zeit mieten können, wäre ich bereit, etwas für Euer Dach zu tun. Vorausgesetzt, ihr habt einige Schindeln zur Hand."
Der Graf von Eichgrund sah ihn überrascht an und wurde sofort wacher.
"Ich lasse den Stallknecht sofort nachsehen", rief er schnell. Er wollte diese glückliche Gelegenheit natürlich nutzen.
"Dann sind wir uns also einig", frage Arnulf. Der Graf ergriff seine Hand und drückte sie fest, als Zeichen des Vertrages.
"Im roten Haus, also dieses Gebäude hier, gehören euch zwei Zimmer, gezahlt wird immer zwei Wochen im Voraus! Alles was du sonst noch benutzen willst wird extra berechnet!"
Arnulf sah den alten Grafen überrascht an, nahm aber an. Der alte Graf ließ die Gelegenheit nicht ungenutzt! Aber das war verständlich.
Der Freiherr holte seine Männer zusammen und berichtete ihnen die Neuigkeit. Melnius nickte ihm stumm zu.

"Woher willst du wissen, dass wir hier etwas finden", fragte Angus misstrauisch.
"Wenn unser Informant uns anlügt, wird sich seine Lebenspanne erheblich verkürzen", erklärte Karls gleichgültig.
"Wollen wir dann auch noch die Kreaturen aus dem Sumpf ausrotten? Wenn wir schon mal dabei sind?" Angus gefiel das alles nicht. Er mochte sich nicht festlegen auf diesen Ort.

"Es ist so ein Gefühl", sagte Arnulf. "Wir werden vielleicht ein paar gute Mauern brauchen. In einigen Tagen."
Karls sah seinen Freund interessiert an. Er wusste, das Arnulf mit seinen Ahnungen meistens Recht behielt.
"Du meinst, jemand ist uns auf dem Fersen?"
"Ich würde mich wundern, wenn es nicht so wäre. Und von diesen Mauern aus, ließe es sich besser verhandeln, als auf einer offenen Wiese."
Der Gedanke leuchtete Angus ein. Er nickt langsam.
Arnulf sah hinaus. Der Himmel war verhangen, die Wolken lagen auf dem flachen Land. Die Sicht war schlecht.
Er sah unter sich den alten Stallknecht langsam über den Hof laufen. Der Graf rief ihm etwas hinterher.
"Du sagst, bei diesem Wetter können wir es trotzdem schaffen hin und zurück", fragte er Melnius.
"Das würde ich nicht raten, wir müssen uns erst noch einen Wagen besorgen, das wäre am besten!"
Arnulf verneinte. "Dann wären wir zu schwerfällig! Das will ich nicht!" Der Waffenmeister sah ihn eine Weile an.
"Dann müssen wir mehrmals dort hin, wenn wir alles holen wollen."
"Willst du das Zeug hier verstecken, oder wie soll ich mir das vorstellen."
Arnulf sah seinen Freund an und nickte schließlich.
"Du hast noch keinen Plan wie wir den ganzen Kram in die Berge bekommen. Hab ich Recht?"
"Ich muss doch erst einmal sehen wie groß der Schatz ist."
Karls winkte ab.
"Wir werden es nicht einmal bis zu dieser Zollbrücke schaffen", sagte er überzeugt. "Aber was soll's, ich habe ja gerade nichts anderes vor!"

Sie sattelten die Pferde. Der Graf sah ihnen dabei zu. Er sagte nichts. Er fragte auch nichts.
"Wir werden heute Abend wieder hier sein", sagte Arnulf dem alten Mann. Der nickte nur kurz und ging langsam zurück ins Haus. Leichter Nieselregen setzte ein als der Trupp sich auf den Weg machte. Die Männer hatten alle eine Hand auf der Waffe. Misstrauisch sahen sie sich um. Es war jedoch kein Mensch zu sehen. Die Niedermark schien wie ausgestorben. Das wollte dem Freiherren nicht gefallen.
Karls schloss zu ihm auf. "Ich habe gerad einen Pfeil wie ihn die Ork verwenden am Wegrand gesehen", sagte er leise zu seinem Freund. Der nickte verstehend. Es war ungewöhnlich, Orks in der Ebene anzutreffen. Sie lebten eigentlich in primitiven Siedlungen in den Bergen. Also waren sie sicherlich nicht zufällig hier.
Argwöhnisch sahen sei sich um. Der Pfeil konnte für die Orkspäher ein Zeichen sein. Doch nichts Feindliches ließ sich blicken. Nur der feine Nieselregen durchdrang langsam ihre Sachen.
Melnius lenkte sie einen schmalen Pfad in ein Wäldchen. Der alte Fährtensucher in Arnulf spähte nach einer Falle. Doch er sah nur einige Bäumchen und dahinter eine alte Köhlerhütte, die schon sehr lange den Elementen ausgesetzt war. Das Dach war eingestürzt und sie sahen in leere Fensterhöhlen.
Melnius stieg ab und wartete, bis die Anderen es ihm gleich taten. Karls stieß die angelehnte Tür bei Seite. Sie sahen in auf nackte Mauern. Nur in der Ecke war ein eingestürzter Kamin.
"Wo sind denn nun deine Schätze", fragte Karls höhnisch grinsend. Seine rechte Hand tastete sich langsam zu seinem Langmesser hinab. Er schien Recht zu behalten. Der Waffenmeister hatte sie zum Narren gehalten, um seine Haut zu retten!
"Gemach", erwiderte Melnius nur und lächelte den Hünen zuversichtlich an. Er zeigte auf den Kamin. "Da müssen wir graben!"

Angus machte sich widerwillig ans Werk und räumte die Steine zur Seite. Rupert bekam die Aufgabe draußen die Umgebung im Auge zu behalten. Er war nicht glücklich darüber. Er wollte lieber dabei sein, wenn sie den Schatz ausgruben.
Sie fanden schnell einen Hohlraum unter dem Kamin. Als erstes stießen sie auf eine Leiche, die sie kurzerhand bei Seite räumten. Angus konnte einen Sack greifen, aber er war zu schwer. Er bekam ihn nicht hochgehoben. Wiederwillig überließ er Karls das Feld. Der war zwar von dem Gewicht überrascht, konnte den Sack aber mit einem Rück aus dem Loch heraus heben.
Laut scheppernd fiel der Sack auf den Boden. Die Männer starrten einige Sekunden auf ihre Beute.
Arnulf stieß ihn auf die Seite und klappernd fielen einige Gegenstände heraus. Mit angehaltenem Atem betrachteten sie die Kronleuchter, Säckchen und Schatullen. Arnulf machte eine auffordernde Geste und jeder nahm sich etwas und betrachtete es. Der Freiherr öffnete ein kleines schön verziertes Kästchen.
Perlen und Ringe leuchteten ihn an. Die Männer wurden immer hektischer beim Auspacken der Kostbarkeiten.
Angus sah sich fasziniert einen Zierdolch aus Silber an.
"Verteilt die Beute auf die Säcke", befahl Arnulf schließlich seinen Männern. Die sahen ihn an, als wenn sie aus einem Traum erwachten.

Orks

"Ich möchte hier schnellstens weg!"
Arnulf hatte ein ungutes Gefühl, das sich leider sogleich betätigte. Einige Orks standen plötzlich hinter ihnen in der Tür. Sie warfen sich ohne zu zögern auf die Männer. Nur Angus und Karls hatten

die Gelegenheit sich zu wehren. Es war ein kurzer Kampf. Die Orks fesselten sie und stießen sie aus dem Haus.
Sie wurden mit derben Seilen an einen Baum gebunden. Von dort konnten sie mit ansehen, wie die Orks ihre fadenscheinigen Säcke durchsuchten. Sie warfen die Kostbarkeiten von Königshäusern achtlos beiseite.
"Was suchen sie", fragte Angus verwirrt seine Kameraden.
"Wohl etwas, was wir noch nicht gefunden haben", knurrte Arnulf und zerrte an seinen Fesseln. "Wenn sie extra aus den Bergen gekommen sind, dann vielleicht das, was deine Schwester auch haben will", sagte Melnius leise. Er sah im Augenblick wieder angeschlagen aus. Er hatte sich auch nicht wehren können, dazu war er zu schwach.
"Verdammt, wenn ich wüsste was die Kerle haben wollen, wäre das alles viel einfacher", sagte der Freiherr mürrisch. Anka hatte ein Talent ihn ständig in Probleme zu verwickeln. Das sie und die Orks den gleichen Artefakt suchen, fand er aber zu unglaubwürdig.
"Das werden wir dann schon erfahren", erklärte der Verletzte zuversichtlich.
Arnulf hoffte auf den Herold. Er könnte sie vielleicht aus ihrer misslichen Lage befreien. Aber woher sollte der wissen, wo sie sich befanden?
Er zählte die Orks und sah sich nach dem Anführer um. Sie würden sich doch aus eigener Kraft befreien müssen, wenn sie den Abend des Tages noch erleben wollten!
Er zählte ein knappes Dutzend Orks. Ein typischer Spähtrupp.
"Erinnerst du dich noch an Olson, den Orktilger", fragte Karls. Er meinte damit eine uralte Geschichte. Es war ein Baron aus Ylsten, der den Übergriffen der Orks seinerzeit überdrüssig war. Er startete einen großen Feldzug gegen die Orks und trieb sie in die Berge. Nach seiner Behauptung hatte er tausende von der Erde getilgt und

ihre heiligen Stätten verwüstet und geschändet. Die Geschichte würde von Generation zu Generation weitergetragen. Alle zwanzig Jahre verdoppelte sich die Anzahl toter Orks und vergrößerte sich der Umfang der geraubten Schätze.
"Warum kommst du jetzt mit alten Märchen", fragte Arnulf etwas genervt.
"Vielleicht ist ja etwas dran an den alten Geschichten."
"Du meinst, es haben sich einige Heiligtümer der Orks in die eine oder andere königliche Schatzkammer verirrt?"
"Wäre doch möglich", antwortete Karls und zerrte an den Lederstreiften mit denen er gefesselt war.
Arnulf hatte wieder seinen scharfkantigen Stein aus dem Ärmel gefummelt und schnitt langsam an seiner Fessel. Er musste sich Zeit lassen, denn einige Orks behielten die Gefangenen fest im Blick. Die anderen wühlten sich eifrig durch die Kostbarkeiten. Einiges an filigranen Kunstschmiedearbeiten wurde dadurch arg in Mitleidenschaft gezogen. Den Männern blutete das Herz bei diesem Anblick. Das war dummer Vandalismus.
Arnulf hatte schließlich die Hände frei und befreite auch Karls. Ihre Fußfesseln waren damit kein Hindernis mehr. Ihre Waffen lagen nur etwas außerhalb ihrer Reichweite. Sie waren achtlos auf einen Haufen geworfen worden. Keiner der Orks kümmerte sich darum. Auch ihre Wächter wühlten inzwischen ungeduldig in den geraubten Schätzen herum. Sie knurrten sich gegenseitig an. Es sah nicht so aus, als wenn sie das Gesuchte fanden.
Karls nickte Arnulf zu. Der sollte zu den Waffen stoßen, während Karls die Orks beschäftigen wollte. Angus war schon aufgesprungen. Auch er hatte sich schon befreit.
Karls erhob sich schnell und schleuderte einige Orks aus dem Weg. Arnulf war einen Augenblick später schon bei den Waffen. Er warf Karls eine Axt vor die Füße und hatte ein Schwert in der Hand. Da

die Orks das erhoffte nicht gefunden hatten, leisteten kaum Widerstand. Ihr Anführer rief seine Kämpfer zum Rückzug.
Im Laufschritt verschwand die Rotte.
Arnulfs Männer fanden nach einigem Suchen sogar ihre Pferde wieder.
Sie sammelten eilig die verstreuten Schätze ein und verluden sie auf den Rücken der Pferde. Dann verbanden sie ihre Wunden und machten sich auf den Weg zum Eichgrund.
Den toten Rupert legten sie über ein Pferd. Er sollte vernünftig begraben werden. Das waren sie ihm schuldig.
Es würde bald dunkel werden, Eile war geboten. Langsam machten sie sich auf den Rückweg. Ihre Schätze gaben leise Geräusche von sich.
Arnulf fühlte, dass sie beobachtet wurden. Vielleicht wollten die Orks herausfinden, wo sie ihr Lager hatten.
Sie erreichten kurz vor Sonnenuntergang unangefochten die Burg Eichgrund. Das Tor wurde ihnen vom alten Stallmeister sofort geöffnet, als würden sie schon lange erwartet werden.
Das Mädchen trat ihnen entgegen und betrachtete misstrauisch die klappernden Säcke auf den Rücken der Pferde. Erschrocken sah sie Ruperts Leichnam.
"Was ist geschehen", rief sie erschüttert.
"Orks haben uns überfallen", erklärte Angus knapp.
Sie stiegen ab und entluden die Pferde. Arnulf warf noch einen wachsamen Blick auf das Rote Haus, ehe er zur Tür ging. Er öffnete sie für seine Männer und sie trugen die Säcke hinein.
Das Mädchen sah ihnen ausdruckslos hinterher.
Den nächsten Tag würden sie mit der Sichtung ihrer Beute zubringen und beratschlagen, ob sie weiter suchen oder heimkehren wollten.

Rupert wurde noch an diesem Abend begraben. Gwendolin hatte sich zu ihnen gestellt und plötzlich ein fremd klingendes Klagelied gesungen.
Die Männer hörten ergriffen zu. Angus wischte sich verstohlen eine Träne aus dem Augenwinkel. So ein Abschied war nicht jedem gegeben.
"Wofür musste dieser Mann so weit weg von zu Haus sein Leben lassen", fragte sie plötzlich aufgebracht in die Runde.
"Er wusste wie jeder andere hier, dass es gefährlich werden würde", antwortete Arnulf ausweichend. Er wollte sich mit dem Mädchen nicht über den Grund ihrer Anwesenheit unterhalten. Das war besser für die Männer und auch für das Mädchen.
Der Graf kam später zu ihnen und entschuldigte sich für seine ungestüme Tochter.
"Gwendolin ist etwas gerade heraus, das ist für eine zukünftige Gräfin nicht schicklich, aber was soll ich machen?" Er hob etwas theatralisch die Arme. "Sie ist mir einfach über den Kopf gewachsen!"
Arnulf winkte ab. Das war im Augenblick unwichtig. Sie hatten ganz andere Sorgen.
"Es könnte sein, das noch einige Leute morgen zu uns stoßen. Hättet ihr für diese noch ein Zimmer?"
Der Graf sah Arnulf eine Weile stumm an. Er wusste nicht, was er von diesen Männern halten sollte.
"Was habt ihr in diesem Land vor? Die Frage meiner Tochter war wohl doch berechtigt." Er sah sie misstrauisch an. Vielleicht glaubte er ja nun, dass sie eine einfache Diebesbande waren.
Arnulf nickte zustimmend zu der Frage.
"Gebt uns noch etwas Zeit, ich werde Euch, wenn es so weit ist, ins Vertrauen ziehen. Mein Wort darauf!"

Der Graf sah sich um. "Ich würde mich an eurer Stelle darauf vorbereiten, dass die Schergen des Barons von Wilks in nächster Zeit hier auftauchen und euch dasselbe fragen werden."
Mit diesen Worten drehte er sich um und ging die Treppe hinab.
Arnulf hatte mit dem Eintreffen der hiesigen Soldaten schon bald gerechnet. Das bedeutete, dass sie sich nicht mehr allzu lange hier aufhalten sollten. Er wollte die Bedenken des Grafen mit etwas Geld zerstreuen und stieg die Treppe hinab.
Er klopfte vernehmlich und wurde etwas später in das Arbeitszimmer des Grafen von seiner Tochter eingelassen.
Er stellte einen klingenden Beutel vor dem Grafen auf den Tisch. Er wusste, dass dies nicht sonderlich ehrbar wirkte.
"Das soll die Antwort auf Eure Frage fürs erste sein", sagte Arnulf.
Gwendolin, die Tochter des Grafen, sprang erregt auf. Ihre Augen funkelten wütend.
"Ich wusste es von Anfang an! Ihr seid einfach ganz schnöde Glücksritter und versucht euch als ehrbare Männer zu verkaufen! Ich durchschaue Euch, in meinem Leben gab es genug von eurer Sorte die hier ein- und ausgingen!"
Nun sprang der Graf aufgebracht auf. Er schlug mit der flachen Hand auf den Tisch.
"So redest du nicht mit meinen Gästen! Geh in dein Gemach und lasse dich heute nicht mehr sehen!"
Der alte Herr schien ernsthaft wütend auf seine Tochter zu sein.
"Verzeiht, ich weiß nicht wie ich ihr Herr werden kann. Wäre doch ihre Mutter noch hier...."
Er beendete den Satz nicht und schien weit in die Ferne zu schauen.
"Wir sind hier, um ein altes Unheil zu entfernen. Damit wieder Ruhe in euer und unser Land einziehen kann!"

Der Graf sah ihn müde an. Er hatte sofort begriffen worum es ihnen ging.
"Ihr sucht den Schatz der SchwarzRoten? Das haben viele andere vor euch schon getan. Die meisten haben das nicht überlebt. Der Schatz ist wirklich unheilvoll. Doch warum glaubt ihr, dass ihr seinem Fluch entkommen könnt?"
"Ich weiß nichts von einem Fluch, aber ich weiß von Orks, die auch großes Interesse daran haben."
"Ich habe hier in meinem ganzem Leben noch keinen Ork gesehen", erwiderte der Graf ungläubig. "Was kann sie dazu veranlasst haben, den Weg hierher auf sich zu nehmen? Hier haben sie kaum Möglichkeiten sich zu verbergen!" Er sah seine Gäste ratlos an.
"Wenn die Orks über eure Suche im Bilde sind, wird sicherlich auch der Baron von Wilk bald hier auftauchen. Ja, es wundert mich, dass er noch nicht vor dem Tor gestanden hat!"
Arnulf sah den alten Grafen überrascht an. Noch ein Spieler auf dem Feld?
"Er ist ein habsüchtiger Mann, er wird sicherlich bald erscheinen! So etwas entgeht ihm nicht!"
Resignierend nickte Arnulf. Eigentlich konnte seine dumme Idee nur noch im Chaos enden!

Später ging der Freiherr wieder zu seinen Männern. Sie wühlten ohne Ziel in den Schätzen.
"Wie sollen wir mit dem Kram bis nach Bergisch Bachland kommen, ohne das wir alles was Beine hat, auf dem Fersen zu haben", fragte Karls etwas entmutigt. Die vielen Kostbarkeiten machten ihn unruhig.
"Wenn wir hier noch eine Weile zusammen sitzen, gehen wir uns gegenseitig an die Kehle!"

"Einzeln hat hier keiner an Chance nach Haus zu kommen, das sollte wohl jedem klar sein", stellte Arnulf klar. Er konnte jetzt auseinanderbrechen seines Trupps nicht riskieren. Das wäre ihr aller Untergang. Er bereute es schon, zu dieser verrückten Idee überhaupt aufgebrochen zu sein.
"Gibt es hier noch ein weiteres Versteck in Tagesritt Reichweite", fragte er schließlich den Waffenmeister. Der sah ihn nur müde an.
"Reicht dir das etwa noch nicht?"
"Es würde mir mit Sicherheit reichen, aber so schnell werden wir hier nicht mehr herkommen - wenn wir überhaupt noch einmal kommen."

Sie ritten noch vor dem Morgen los. Sie wollten den Leuten von Baron von Wilks aus dem Weg gehen. Des Weiteren wollte sie so dem Herold des Königs zuvorkommen. Die gestrige Beute nahmen sie wieder mit und vergruben sie unweit des Eichgrunds unter einigen Büschen.
Dann vertrauten sie sich wieder der Führung von Melnius an. Sie umgingen einige Dörfer und erreichten vor dem Mittag ein Wald mit hochstämmigen Buchen
"Ich frage mich, wo die Orks stecken", sagte Angus beunruhigt. Er sah sich argwöhnisch um.
"Die warten, bis wir das gefunden haben, was sie suchen", antwortete Karls voller Überzeugung.
Melnius führte sie weiter in den Wald hinein. Arnulf fühlte sich zum ersten Mal seit er dieses Land betreten hatte wohl. Dieser Wald strahlte die Ruhe aus, die ihn auch zu Haus umgab, wenn er durch die Berge streifte. Ein kleiner Bach schlängelte sich neben dem Weg dahin. Sie folgten ihm bis zu einer kleinen Holzbrücke. Sie begegneten keinem Menschen auf ihrem Weg. Das fand der

Freiherr merkwürdig. Vielleicht gab es hier ja Räuber. Sie hörten Hufschläge und bogen eilig vom Weg ab. Die Männer versteckten sich und ihre Pferde im Buschwerk am Bach. Sie mussten nicht lange warten. Ein gutes Dutzend Reiter jagte an ihnen vorbei.
"Die müssen blind sein", flüsterte Karls zu seinem Freund.
"Vielleicht ist dies ja eine Falle", murmelte Arnulf leise. Die Leute in der Niedermark würden auch nicht dümmer sein als anderswo.
Die Männer ließen einige Zeit vergehen, dann nahmen sie ihre Pferde und führten sie weiter am Bach entlang. Nicht viel später ließ Melnius den Trupp anhalten und begann das Ufer des Baches abzusuchen. Das nahm eine ganze Zeit in Anspruch, ohne dass er zu einem Ergebnis kam. Seine Begleiter sahen ihm ungeduldig zu.
"Es muss hier sein", rief er schließlich verzweifelt.
"Vielleicht war jemand schneller gewesen", vermutete Angus gleichgültig. Er fand, dass sie genug hatten, um sich ein schönes Leben zu machen.
Eine halbe Stunde später jubelte der Waffenmeister leise. Sie wühlten eine Höhle frei und mussten einen aufdringlichen Dachs vertreiben. Das Tier sah das als sein Revier an und attackierte die Männer bis er sein Leben aushauchte.
Sie beluden so leise es ging ihre Pferde und machten sich schnell auf den Rückweg. Arnulf ließ sie oft anhalten und in den nahenden Abend lauschen. Es war ihm viel zu einfach gegangen. Sie blieben bis zur Dunkelheit am Waldesrand und spähten in die Ferne. Sie sahen einige Bauern in ihre Dörfer heimkehren. Aber keine Schergen eines Barons und keine Orks. Das gefiel Arnulf gar nicht, aber in den Abendstunden machten sie sich auf den Weg zum Eichgrund.
Sie fanden den Weg in der Dunkelheit ohne größere Probleme und erreichten in völliger Dunkelheit die Burg.

Kaum das sie das Tor hinter sich hatten, wusste Arnulf, dass jemand gekommen war. Es war nur die Frage wer.
Karls öffnete das Haupttor einen Spalt und spähte auf den Hof.
"Ich zähle sieben Pferde", sagte er leise zu Arnulf.
"Wahrscheinlich der Herold", mutmaßte der Freiherr sogleich. Aber Sie mussten sicher gehen, dass seine Vermutung stimmte.
Angus blieb an der Mauer im Schatten und erreichte so das Rote Haus. Aus dem zweiten Stockwerk drang eine fröhliche Melodie heraus. Jemand spielte eine lustige Waise auf der Flöte, dazu wurde im Rhythmus geklatscht.
Leise führten sie die Pferde zum Stall und entluden ihren Schatz. Arnulf stieg inzwischen die Leiter zum ersten Stock hinauf. Einige Öllampen brannten und verbreiteten einen rußigen Geruch. Die junge Hausherrin hatte ihn gehört und sah aus der Tür des großen Zimmers. Der Freiherr grüßte sie leise.
"Ihr habt Besuch?"
"Ihr hattet ihn doch angekündigt", erwiderte sie spitz. Also war tatsächlich der Herold angekommen. Arnulf wusste nicht, ob er sich darüber freuen sollte.
"Kommt herein und begrüßt eure Freunde", forderte Gwendolin ihn in einem verächtlichen Ton auf. Sie spürte, dass ihm das nicht gefiel. Darüber schien sie so etwas wie Schadenfreude zu empfinden.
Er konnte das natürlich nicht ablehnen. Er folgte dem Mädchen und sah in einige aufmerksame Gesichter. Sie schienen ihn erwartet zu haben.
Er setzte sich zu der Runde und bekam einen Kelch gereicht.
"Wie ist es dir ergangen, Freiherr", fragte der Herold ungezwungen. Im Gegensatz zu dem Freiherren, sah er erfreut darüber aus, Arnulf und seine Männer widerzusehen.

"Wir hatten einige Probleme, aber nun sind wir wieder zurück und wir werden Morgen die Niedermark verlassen!"
Der alte Graf stand überrascht auf. Er sah Arnulf forschend an, als überlegte er einen Fehler gemacht zu haben, der die Gäste jetzt vertrieb.
"Ihr wollt uns schon wieder verlassen", fragte er beinahe entsetzt.
"Da wir erfahren haben, was wir wissen wollten, hält uns hier auf dem flachen Land nichts mehr", erklärte Arnulf.
"Aber ihr könnt doch nicht so Hals über Kopf losstürmen", rief der alte Mann entgeistert. Arnulf lächelte ein wenig.
"Wir werden morgen noch über einige Geschäfte reden müssen", sagte er um den Grafen zu beruhigen. Der Herold verfolgte das Gespräch interessiert.
"Aber ihr könnt Euch doch noch ein wenig zu uns setzen, Freiherr."
"Vergebt mir, der Tag war äußerst anstrengend. Ich werde mich zurückziehen."
Er verneigte sich in Richtung des Grafen und schloss die Tür hinter sich.
Es beschäftigte ihn, wie er die Beute wegschaffen könnte, ohne dass der Graf und der Herold Verdacht schöpfen konnten. Das war unmöglich. Er konnte unmöglich alles unbemerkt außer Landes bringen. Selbst wenn sie die ganze Nacht reiten würden, wäre der Weg nach Bergisch Bachland zu lang. Sie wären dazu auch eine leichte Beute für Wegelagerer. Es widerstrebte ihm, den Grafen ins Vertrauen zu ziehen. Er tröstete sich damit, dass ihm noch eine Nacht zur Verfügung stand, eine Lösung zu finden.
Seine Männer schliefen schon, als er das Zimmer betrat. Arnulf rollte seine Decke aus und legte sich nieder. Ihre Schätze lagen an der Wand. Sie schienen in der Stille auf etwas zu warten. Auch wenn er die Kisten und Säcke nur schemenhaft sah strahlten sie eine unheimliche Präsens aus. Arnulf musste sich beherrschen, um

nicht zu ihnen zu gehen und sie zu berühren. Langsam legte er sich auf seine Decke und starrte in die Dunkelheit.
War es wirklich der richtige Weg, dieses zusammengeraubte Gut mit nach Haus zu nehmen? Konnte man so den Fluch des Schatzes aufheben? Sollte er es besser verschenken? Das würde ebenso zu Mord und Totschlag führen. Er hatte das Gefühl, das es eine schwere Last sein würde, dieses Raubgut zu verbergen. Alte und neuere Besitzer würden ihren Anspruch darauf geltend machen wollen.
Schließlich war er über diese drückenden Gedanken doch eingeschlafen.

Ein Signalhorn riss ihn plötzlich aus dem Schlaf. Arnulf hatte keine Vorstellung, wie lange er geschlafen hatte. Das Signal konnte nur Gefahr bedeuten!
Die Männer sprangen von ihren Schlafstätten auf und griffen instinktiv nach ihren Waffen.
"Wir werden angegriffen", rief jemand vom Hof zu ihnen hinauf.
Arnulf sprang ans Fenster und sah einige graue Gestalten auf das äußere Tor zu rennen.
Es waren Orks! Wo kamen die jetzt her?
In wenigen Augenblicken würden sie das Haupttor erreichen!
Doch der Herold hatte schon seine wenigen Männer auf die äußeren Mauern befohlen und sie schossen einige Pfeile ab. Der Ansturm wurde so für kurze Zeit aufgehalten. Doch die Orks arbeiteten sich unbeirrbar weiter an die Mauern heran.
Arnulf sprintete zum Haupttor. Ein Flügel stand noch offen und hing nur an einer Türangel. Sie mussten sich beeilen, um das Haupttor vor den Angreifern noch rechtzeitig zu verrammeln.

Die Männer des Herolds wollten Arnulf unterstützen. Sie rannten dabei auf den Wehrgängen hin und her und schossen mit ihren Armbrüsten weiter auf die Angreifer.
Der Freiherr stand neben dem Grafen. Schweigend betrachteten sie den Angriff.
Karls und einige Männer des Herolds schafften es doch noch das Tor zu schließen.
Eilig verrammelten sie den Eingang, mit allem was sich fand.
Ungestüm drängte die Orkmeute weiterhin gegen das Vorwerk.
"Gab es hier schon immer Orks", fragte Arnulf schließlich. Der Graf verneinte sofort. "Ich habe in meinem ganzen Leben hier noch keine Orks gesehen! Was hat diese Kreaturen veranlasst, den Eichgrund heimzusuchen? Ich glaube, diese Frage solltet ihr mir beantworten können!"
Die Männer des Herolds hatten es inzwischen geschafft, die Türflügel des Haupttores mit Balken zu sichern.
Sie hatten die alten Dachbalken des Gesindehauses genommen und stemmten sie hinter die Torflügel. Das würde die Orks eine Zeitlang aufhalten.
Der Herold rief die Männer aus dem Vorwerk zurück. Die kamen der Aufforderung nur zu gern nach. Es gab schon einige Nahkämpfe.
Vom Haupttor schossen sie einen Pfeilhagel auf die Orks um den Rückzug zu decken.
"Wir bekommen Hilfe!" Der Herold wies auf den Weg zur Burg.
Eine Reiterschar näherte sich schnell.
Auch die Orks hatten den neuen Gegner hinter sich bemerkt und ließen von ihrem Angriff auf das Tor ab. Um ihnen nachzusetzen, waren sie in der Burg zu wenige. So konnten die Männer aus den Bergen nur aus der Ferne den Kampf verfolgen.

"Wer mag das sein", fragte Arnulf den Grafen. Er sah stumm mit steinerner Miene dem Kampf zu.
"Das ist sicherlich Baron von Wilks mit seinen Männern! Sie wollten bestimmt zu Euch."
Es stand von Beginn an nicht gut um die Reiterabteilung. Die Orks gingen die Reiter ohne Rücksicht auf ihre eigenen Verluste an. Einer nach dem Anderen wurde vom Pferd gezogen. Sie hörten die Schreie der Männer und das Brüllen der getroffenen Ork.
"Besser die als wir", sagte jemand leise hinter dem Freiherren. Arnulf fühlte sich irgendwie schuldig, aber auch er war zufrieden, jetzt nicht da draußen mit diesen Kreaturen ringen zu müssen.
"Eine Pfeilsalve, dann bis zum Tor des Vorwerkes", sagte der Freiherr plötzlich, er hatte sich besonnen. Seine Männer sahen ihn überrascht an. Sie spannten ihre Bogen. Es regnete Pfeile auf die Orks, die einige von ihnen in den Tod rissen.
Die Männer rückten ohne ein Wort vor. Es waren nur wenige Gegner am Vorwerk. Der Kampf hatte sich ein Stück weiter, vor dem Tor konzentriert. Einige wenige Orks versuchten dennoch das Tor zu halten. Doch es waren zu wenige, um ernsthaften Widerstand zu leisten. Die Menschen aus der Burg konnten nun mit wenigen Blessuren das vordere Tor wieder besetzen. Auf dem Zugang zur Burg tobte immer noch ein erbitterter Nahkampf.
Der Baron hatte nur noch eine Handvoll Getreuer um sich. Die Orks kämpften ohne Rücksicht auf das eigene Leben mit den Reitern.
In der Hierarchie zählte nur der Ork, der genug Kämpfe überlebt hatte. Und auch dann zählte sein Leben noch nichts. Es gehörte auch Rücksichtslosigkeit gegenüber seinen Kameraden dazu, einen gewissen Rang unter ihnen einzunehmen. Sie waren erbitterte Kämpfer, die auch nicht die eigene Niederlage einfach so hinnahmen.

Arnulf wollte nicht das Leben seiner Männer riskieren für diesen Baron. So blieben sie nur in Reichweite ihrer Bögen und Armbrüste. Die Orks wollten sich auf den neuen Feind in ihrem Rücken stürzen, wurden dabei aber rasch zusammengeschossen. Das verschaffte dem Baron etwas Luft einen Angriff zu wagen. Einige Orks wurden niedergeritten, doch sie kämpften erbittert um jeden Schritt, den sie zurückgedrängt wurden.
Der Baron war offensichtlich verletzt, als der Kampf beendet war. Nur zwei seiner Reiter standen noch neben ihm.
"Warum habt ihr nicht früher eingegriffen", schrie der Baron aufgebracht. Nur seine Verwundung verhinderte, dass er den Verteidigern der alten Burg etwas antat.
"Wir mussten zuerst die Burg sichern", gab Arnulf kühl zurück. Er kannte die Eigenart, dass die Adligen sich immer Recht glaubten.
"Ich glaube nicht, dass ihr neuerdings der Burgherr seid. Wo ist der Graf von Eichgrund?" Er sah den Freiherren verächtlich an.
"Er ist um einiges zu alt, um noch ein Schwert zu führen", entgegnete Arnulf knapp. Er mochte diesen Baron nicht. Er mochte ihn überhaupt nicht.
"Ich habe den Eindruck, vor einem Rudel feiger Hunde zu stehen", rief der Baron Von Wilk empört. Er verlor indessen weiterhin Blut.
"Ihr solltet eure Wunde versorgen lassen", riet ihm der Herold mit einem unbestimmten Lächeln. Der Baron sah ihn an, als wenn das etwas sehr unanständiges war.
"Ihr tragt die Farben der Berge, was wollt ihr hier in meinem Land?"
"Wir waren der Ansicht, dass diese Burg und das Land ringsherum dem Grafen von Eichgrund gehöre", erwiderte der Herold scheinbar überrascht. Der Baron bekam eine ungesunde Gesichtsfarbe. Er sah erregt aus.

"Hat der alte Trottel euch das erzählt? Er lebt nur hier, weil ich ihm das noch erlaube!"
Der Baron drohte geschwächt vom Pferd zu rutschen, seine beiden Begleiter hielten ihn im Sattel. Er hatte trotzdem die Faust geballt.
"Ihr solltet schnell in ein Bett gelegt werden", sagte der hinzugekommene Graf. Man konnte ihm nicht ansehen, was er dachte, als er den Baron in so angegriffenen Zustand sah.
"Ihr habt euch einige Leute geholt, um den Aufstand zu proben", rief der Baron schwer atmend. "Aber vergesst nicht, eure Burg gehört praktisch mir!"
Triumphierend sah er die Männer aus den Bergen an. "Er ist mein Schuldner, ihr könnt hier nichts mehr tun - Eichgrund gehört praktisch schon mir!"
Der alte Graf sah nach diesen Worten ziemlich elend aus und ließ den Kopf betrübt hängen.
"Guter Mann, ich habe hier einige Zimmer gemietet, also schlachtet euren Goldesel nicht so voreilig", riet Arnulf eindringlich. Trotz seiner schlechten Verfassung spiegelte sich Gier in den Augen des Barons. Er wirkte trotz seiner Verwundung hellwach.
"Na dann kann er ja sein Darlehen bald zurückzahlen!" Er versuchte zu lachen, doch das misslang.
"Sagen wir ein Drittel, er braucht etwas zum Leben", schlug Arnulf im Verhandlungston vor. Der Baron grinste. Er sah mit seinem blassen Gesicht furchtbar dabei aus.
"Oh, ich befinde mich in Verhandlung. Das gefällt mir. Legt noch etwas drauf und es gilt! Diese Ruine kann man sowieso nur noch abreißen!"
"Ihr solltet nicht mir spielen", rief der Graf verzweifelt zu Arnulf gewandt. "Das hätte ich nicht von Euch gedacht! Ich hatte Euch für einen Ehrenmann gehalten!"
Der Baron lachte schrill auf.

"Gebt mir endlich eure Tochter, Graf. Ich könnte sie vielleicht als Kammerzofe gebrauchen!"
Die Männer hielten den Baron nur noch mühsam auf dem Pferd.
"Niemals", rief Von Eichgrund empört. Arnulf zog ein ledernes Säckchen unter seinem Umgang hervor und hielt ihn hoch. Der Baron war zu schwach nach ihm zu greifen.
"Euch flieht das Leben und alles was euch einfällt ist ein Säckchen mit glänzenden Metall", rief Arnulf spöttisch. Der Baron sah ihn mit leeren Augen an.
"Ihr solltet ihm einen Heiler zur Seite geben, sonst hat er bald seinen letzten Atemzug getan", erklärte Arnulf leidenschaftslos zu dessen Begleitern.
Zwei seiner Männer legten ihn über den Rücken seines Pferdes. Langsam verließen sie den Kampfplatz. Zwei dazugekommene Söldner blieben zurück und boten sich Arnulf an.
Er nahm sie in seinen Dienst um die Landesgrenze zu erreichen, danach sollten sie ihrer Wege gehen. Sie machten per Handschlag einen Vertrag. Sie waren einverstanden.
Einen halben Tag später verließ Arnulf mit seinen Männern Eichgrund. Er sagte dem Grafen zu, seine gemieteten Räume bald wieder zu nutzen.
"Ich hoffe um meiner Tochter willen, dass ihr Euer Wort haltet", sagte der alte Graf zum Abschied. Er glaubte dem Mann aus den Bergen nicht, das konnte man ihm deutlich anmerken.
Gwendoline hielt sich im Hintergrund und sah den Männern schweigend hinterher. Sie machte eine Bewegung, als wenn sie ihnen folgen wollte.
Die kleine Reitertruppe legte an Tempo zu. Arnulf setzte sich an die Spitze. Er wollte schnellst möglich aus der Niedermark heraus.
In Ylsten würde er sicherer sein. Aufmerksam hielt er Ausschau nach Spuren von Orks. Er wusste zwar nicht, was sie eigentlich mit

ihrem Angriff auf die Burg bezweckt hatten, doch sie hatten mit Sicherheit ihr Ziel nicht erreicht. Und so schnell gaben die Orks nicht auf.
Er hatte in der letzten Nacht lange den Schatz der SchwarzRoten angeschaut. Er versuchte ergebnislos zu erraten, wer die ehemaligen Besitzer der geraubten Schmuckstücke gewesen sein mochten.
Gar zu gerne würde er auch Anka fragen, was die Orks suchten. Er würde es ihnen einfach überlassen und dann hoffentlich seine Ruhe vor ihnen haben.
Ohne eine befriedigende Erklärung hatte er sich schließlich schlafen gelegt.

Sie folgten dem gleichen Weg, den sie hierher genommen hatten wieder zurück.
"Die Orks sind ein Stück hinter uns", sagte Karls leise. Er hatte sich ein Stück zurückfallen lassen, um nach ihnen zu sehen.
Arnulf nickte. Sie mussten ihre Verfolger im Auge behalten.
"Sie haben wohl nicht vor uns einzuholen", gab Angus zu bedenken. Offensichtlich wollten sie nur wissen, welchen Weg die Männer aus den Bergen einschlugen.
"Wahrscheinlich haben sie zu viele Krieger verloren und sind zu schwach um uns anzugreifen", mutmaßte Karls.
Das schien auch Arnulf am Wahrscheinlichsten. Aber spätestens am Fuße der Berge würden sie auf weitere Artgenossen treffen. Sie würden dann stärker werden.
Dann würde sie nichts mehr zurückhalten. Arnulf musste also den kürzesten Weg zum Jagdschloss nehmen und der würde durch Ylsten führen. Das war ihm auch nicht recht. Aber von Ylstenbyrg

konnte er auf dem kürzesten Weg zur Grenzwarte kommen. Das erschien ihm als der sicherste Weg im Augenblick.
Bald würden sie die steinerne Brücke wieder erreichen. Arnulf war schon gespannt, was sie dort erwarten würde. Diesmal wollte er Walmsberg weit umgehen. Aber zuerst einmal mussten sie den Fluss überqueren.

Ein Stück vor der Brücke machten sie halt. Etwas stimmte dort nicht! Es war keinerlei Bewegung zu erkennen. Das Zollhaus wirkte schon von weitem verlassen.
Die Reiter warteten ab, denn von der anderen Seite näherte sich ein Bauer mit einem Heuwagen.
Auch dieser beäugte misstrauisch die leere Zollstation, entschloss sich aber nach einer Weile, die Brücke zu überqueren.
Arnulf beobachtete genau die Umgebung, als der Heuwagen sich in quälend langsamen Tempo über die Brücke bewegte.
Es geschah nichts und doch sah er seine Männer fragend an. Sie berieten sich. Allen war klar, dass dort etwas nicht stimmte.
"Wir sollten eine Furt suchen", sagte er zu seinen Begleitern. "Mir gefällt die Brücke nicht."
Angus stimmte ihm sofort zu.
"Das riecht nach einer Falle", sagte er und tippte an seine Nase. Der Herold wollte trotzdem sehen, ob der Weg frei war. Doch Arnulf hielt ihn zurück. Er konnte auf keinen Mann verzichten.
Sie lenkten die Pferde den Fluss entlang bis sie eine Furt gefunden hatten.
Am anderen Flussufer sammelte sich augenblicklich eine wilde Meute. Sie schien die Männer aus den Bergen erwartet zu haben. Es waren abgerissene Gestalten, die dort auf ihren Pferden saßen. Es waren jedoch keine Orks!

Der Trupp wartete reglos ab, wie Arnulfs Männer reagierten.
"Das sind Banditen", sagte Karls halblaut zu Arnulf.
Da eine Flucht sinnlos war, trieb der Freiherr sein Pferd durch das seichte Wasser. Seine Männer folgten ihm einer nach dem anderen. So standen sich die beiden Reitertrupps bald gegenüber. Arnulf und seine Begleiter waren in der Unterzahl.
Ein großer Mann kam ihnen furchtlos entgegen und zügelte sein Pferd vor dem Waffenmeister.
"Hallo Melnius, so sieht man sich wieder", sagte der Anführer der Banditen. "Du siehst heute schlecht aus, die Geschäfte gehen wohl nicht so gut", bemerkte er grinsend
Der Waffenmeister lächelte gequält, blieb aber stumm.
"Ich denke, du hast gehofft, dass wir mit gestreckten Hälsen längst am Galgen hängen", der Anführer der Meute strahlte richtig bei diesen Worten. Er drehte sich grinsend zu seinen Männern um. Die lachten.
"Das ist mir tatsächliche bei eurem Anblick als erstes in den Sinn gekommen", erwiderte Melnius spitz. Eine Armbrust wurde gespannt und auf ihn gerichtet. Der Anführer hob den Arm, die Waffe senkte sich.
"Um der alten Zeiten willen, gebe ich dir noch ein paar Minuten zu leben", sagte der kräftige Mann. In diesem Augenblick trieben die beiden Söldner wie selbstverständlich ihre Pferde durch das flache Wasser zu den Wegelagerern. Die nahmen davon kaum Notiz. Die Männer gehörten also dazu.
Arnulf lenkte sein Pferd an die Spitze seines Trupps.
"Was für ein Anliegen veranlasst euch, uns hier aufzuhalten", fragte er so überheblich er konnte. Einige der Wegelagerer griffen zu ihrem Schwert. Der Herold trieb sein Pferd neben den Freiherren. Das sah sogleich etwas offizieller aus. Er stemmte seinen Arm in die Hüfte.

"Wegelagerer werden auch in diesem Land gehenkt", rief er schroff den Männern entgegen.
"Wir wollen einfach nur unser Eigentum zurückhaben", entgegnete der kräftige Kerl, der den Anführer darstellte. Er war überrascht von dem Ton des Herolds.
"Warum sollten wir euer Eigentum mit uns herumtragen", fragte der Herold ernst.
Arnulf war von der Kaltblütigkeit des jungen Mannes beeindruckt.
"Genau wie euer Freund dort sind wir ehemalige Weggefährten von Grossbart und wir verlangen unser Eigentum zurück!"
"Ihr gebt zu, mit den SchwarzRoten geritten zu sein?"
"Dann sind uns die wohl durch die Lappen gegangen, als wir euresgleichen aufgehängt haben", rief Karls mit grollender Stimme.
"Ihr seid also der Meinung, dass wir euch das gestohlene und geraubte Gut zurückgeben sollen?" Arnulf sah den Sprecher herausfordernd an.
Der Herold holte seine Fanfare hervor und blies kräftig in das Instrument. Die Banditen sahen sich unsicher um. Diesen Augenblick nutzten Arnulfs Männer und jagten mit ihren Pferden durch die Furt. Sie attackierten, am anderen Ufer angekommen, ohne Übergang die ehemaligen Aufständischen mit ihren schmutzigen SchwarzRoten Umhängen.
Die Banditen wurden schnell auseinandergetrieben. Es kam zu einigen Scharmützeln, doch die SchwarzRoten waren nicht so angriffslustig wie sie vorgaben. Offensichtlich hatten sie nicht mit Widerstand gerechnet. Schnell verstreuten sich die Männer.
"Du kennst ihn", fragte Arnulf den Waffenmeister nach dem Scharmützel.
"Er war seinerzeit ein Niemand", antwortete Melnius gleichgültig.
"Aber doch konnte er einige Männer um sich scharen."

"Es gab viele, die nicht mehr nach Hause zurück konnten. Die haben sich eben zusammen getan."
"Wir müssen schnell weiter, ehe es noch mehr werden", stellte Arnulf sogleich fest. Der Herold ließ sein Pferd schon langsam laufen. Seine Männer folgten ihm. Der Rest schloss sich ihnen an. Ganz wie vermutet, hatten sie schon wenig später eine größere Gruppe Verfolger hinter sich.
Zu allem Überfluss kam aus Richtung Walmsberg eine Reiterabteilung auf sie zu. Sie saßen in der Falle.
"Das sind die Farben der Niedermark", bemerkte der Herold und wies auf die heftig flatternde Flagge an der Spitze. Das hatten auch ihre Verfolger bemerkt und wurden nun merklich langsamer. Viele der Briganten ließen sich zurückfallen und die Gruppe löste sich langsam auf. Die Hauptleute versuchten vergeblich, sie weiter auf Arnulfs Männer zu hetzen.
Einige Reiter lösten sich aus dem Trupp der Niedermarker und verfolgten die SchwarzRoten Banditen. Als sie einige Männer eingeholt hatten, wurden sie arretiert.
Der Anführer der Reiterabteilung war ein junger Mann mit gerötetem Gesicht. Dicht neben ihm hielt sich ein alter, gestandener Ritter. Dessen Blick blieb an Melnius hängen. Die beiden sahen sich stumm an. Es war offensichtlich, dass sie sich kannten.
Arnulf registrierte das mit Unbehagen. Sie hatten schon genug Probleme und es würden auf dem Weg in die Berge nicht weniger werden.
Der junge Mann grüßte ihn jedoch höflich. Arnulf erwiderte den Gruß.
Er lenkte sein Pferd zu dem Jungen.
"Mit wem habe ich die Ehre?" Der Freiherr sah den Jungen aufmerksam an.

"Ich bin der Sohn des Herzoges von Walms", antwortete er merkwürdig zerstreut. Er wusste wohl nicht, wie er sich eindrucksvoll präsentieren sollte vor den Veteranen.
"Wie kann ich euch behilflich sein", fragte Arnulf freundlich.
"Seid ihr dieser Freiherr aus den Bergen?"
Arnulf sah überrascht seine Männer an und nickte dann schließlich. Er wusste nicht worauf das hinauslaufen sollte.
Der junge Mann bekam Farbe im Gesicht.
"Mein Vater würde Euch zu sich ins Schloss einladen wollen, aber er glaubt, dass ihr nicht kommen werdet."
"Euer Vater ist anscheinend ein kluger Mann. Aber warum fragt er, wenn er die Antwort doch schon weiß?"
"Er glaubt, dass ihr zumindest einen Teil der Beute der SchwarzRoten gefunden habt."
Der Junge war ziemlich aufgeregt. Sein Begleiter legte ihm die Hand auf die Schulter, damit der Prinz sich beruhigte.
"Der Herzog will wissen, ob ein bestimmtes Teil aus seinem Familienschmuck bei euren Fund aufgetaucht ist", sagte der Ritter emotionslos. Er sah dabei die Männer grimmig an, die er wohl viel lieber erschlagen würde.
"Versteht mich nicht falsch, ich halte euch für genau solche Halsabschneider wie die Aufständischen, aber der Herzog hat mir verboten Gewalt anzuwenden. Daran werde ich mich halten."
Karls drängte sich nach vorn und sah den Reiter herausfordernd an.
"Was gedachtest du mit uns zu tun, wenn du könntest?" Der Ritter sah den kahlköpfigen Riesen etwas verunsichert an und gab keine Antwort.
"Wie will er denn herausfinden, ob etwas aus seinem Besitz dabei ist", fragte Arnulf und war gespannt.
"Er würde euch zu sich einladen."

"Wer gibt mir die Gewähr, dass wir nicht gefangen oder getötet werden", fragte der Freiherr skeptisch.
"Ihr habt sein Wort!"
"Ein Wort, das ich nicht aus seinem Mund höre. Also gilt es nicht als gegeben", sagte Arnulf ruhig. Der Sohn des Herzogs hatte selbst kein Ton gesagt und das Wort seines
Ritters galt im Zweifelsfall nichts.
Der Ritter wollte schon zu seinem Schwert greifen, doch der junge Mann legte seine Hand auf den Arm.
"Er hat Recht. Wir sollten etwas anderes vorschlagen!"
"Wie wäre es ganz klassisch? Nur ich und der Herzog allein!"
"Was bildest du dir ein, Fährtensucher", rief der Ritter empört. Seine Hand bewegte sich unruhig auf dem Schwertgriff.
"Mein Vater wird sicher zusagen", vermutete der Prinz hingegen.
"Woher soll ich wissen, was der Herzog als sein Familienstück ansieht", fragte Arnulf. Er würde auf keinen Fall mit einem Sack voll Edelsteinen vor dem Herzog erscheinen. Er war immer in Reichweite von dessen Bogenschützen.
Der junge Mann reichte dem Freiherren ein kleines Säckchen und sah ihn erwartungsvoll an. Arnulf schaute bedächtig hinein.
"Es ist eine billige Kopie, aber es hat gereicht meinen Großvater in dem Glauben zu lassen, der Stein wäre den Plünderungen entgangen", erklärte der Junge.
Arnulf beäugte den Stein und war nicht überzeugt, dass damit der langjährige Besitzer des Originals hinters Licht geführt werden konnte. Aber er wollte diesen Schritt wagen. Irgendwie musste er ja aus diesem Land herrauskommen!

Die beiden Gruppen blieben auf Abstand und warteten auf die Ankunft des Herzogs. Sie beäugten sich dabei misstrauisch, aber

der Befehl war klar. Der Freiherr war über die vertane Zeit nicht glücklich. Er wäre zu dieser Zeit schon gern viel näher an den Bergen gewesen.
Der Herzog von Walms erschien bald am verabredeten Ort und wartete reglos.
Arnulf lenkte sein Pferd im Schritt ihm entgegen. Hinter seinem Sattel befanden sich seine Waffen griffbereit. Er wusste schließlich nicht, wie vertrauenswürdig dieser Herzog war. War es eine Falle, waren sie hier verloren, so weit weg von den heimatlichen Bergen.
Der Herzog trug außer einem Langmesser keine weiteren Waffen.
Er hatte sein Wort gehalten.
Er sah dem ihm langsam entgegenkommenden Reiter aufmerksam entgegen.
Solange sie hier beide verhandelten würde es ruhig bleiben.
"Du bist ein Mann, der sein Wort hält", sagte der Herzog mit belegter Stimme. Er schien innerlich erregt. Arnulf wusste nicht, ob das ein gutes oder schlechtes Zeichen war.
"Mir sind deine Beweggründe nicht klar", sprach er weiter. Er wusste nicht was er von dem ihm fremden Freiherren zu halten hatte.
Der Freiherr blieb stumm. Er hatte darauf keine Antwort.
"Verstehst du, das macht dich etwas unheimlich für mich. Ich möchte dich verstehen. Ich weiß einiges um deine Vergangenheit und die bemerkenswerten Taten, die du als Fährtensucher vollbracht hast. Aber was weiß ich sonst von dir?"
Er sah Arnulf auffordernd an, als wäre er sein Untergebender.
Arnulf ließ sich Zeit mit der Antwort.
"Ich will auch gar nicht wissen, was deinen König bewogen hat dich zu erheben, darüber gibt es so einige Geschichten. Aber sag mir, warum suchst du das verschollene Raubgut?"

"Die Länder leiden, Armut hat sich unter der Bevölkerung ausgebreitet. Ich versuche die Wunden zu heilen."
"Indem du was tust? Das Geld verteilst unter den Armen?"
"Ich will den größten Teil seinen Besitzern zurückgeben!" Arnulf war selbst erstaunt über seine Worte, denn das würde wohl in den meisten Fällen gar nicht mehr möglich sein. Ein großer Teil der Besitzer waren bei den Raubzügen der SchwarzRoten erschlagen worden. Er begann sich zu fragen, ob das wirklich sein Ziel war. War er am Ende auch nur ein Schatzsucher, der etwas Erfolg hatte? Der Herzog sah ihn fragend an, er kam dann aber zu dem Schluss, dass der Freiherr aus den Bergen es ernst meinte. Das wäre ihm an dessen Stelle nicht im Traum eingefallen.
"Es wird keinen Frieden geben. Männer werden immer wieder aufbrechen, um sich ihre rechtmäßigen Kostbarkeiten zurückzuerobern. Sie werden sagen, es gehörte ihnen und gehört immer noch ihnen. Die einfachen Menschen werden immer wieder leiden!"
Stumm hob der Herzog seine Augenbrauen.
"An deinen Worten ist etwas Wahrheit dran. Doch wie willst du wissen, wem etwas gehört und wem nicht?"
"Genau das ist das Problem", gab Arnulf offen zu.
Der Adlige sah ihn weiterhin skeptisch an.
"Wer sagt mir, dass du nicht einfach ein dreister Glücksritter bist? Vielleicht konntest du dein Wissen um die Verstecke auch nur mit Mord und Totschlag herausfinden."
Das Gesicht des Herzoges verzog sich zu einem zufriedenen Lächeln. Er hatte den Mann vor sich in die Ecke getrieben, so glaubte er. Es war nichts sonderlich moralisches, Schätze zu suchen. Es war eher ein Glücksspiel für Leute mit viel Zeit.

"Es haben inzwischen einige versucht mir die Beute mit Gewalt abzujagen. Sogar Orks waren darunter", antwortete der Freiherr kühl. Der Herzog von Walms sah ihn etwas verwirrt an.
„Orks? Suchen die immer noch die albernen heiligen Knochen ihres großen Feldherren Wukar?“
"Ich weiß nichts von einem heiligen Knochen", antwortete Arnulf etwas angenehm überrascht über diese Information. Eine Idee blitzte sogleich in seinem Hinterkopf auf.
"Er sah, soweit ich mich erinnere, wie ein versteinerter Ast aus, dass bei bestimmten Licht etwas glitzerte. Tja, die Orks haben ein sehr schlichtes Gemüt." Der Herzog lächelte, wie man über Kinder lächelt.
"Aber sie sind gute Kämpfer, wenn sie einen fähigen Anführer haben."
Der Freiherr überlegte. Er hatte letzte Nacht etwas in der Hand gehabt, das mit etwas Fantasie wie ein versteinerter Kerzenhalter aussah. Das war der einzige Gegenstand der nach der Erzählung des Herzoges infrage kam.
Wenn das stimmte, würde dieser Knochen einige interessante Möglichkeiten in sich bergen.
"Ich könnte diesen Knochen für euch übergeben, wenn ihr ihn habt", bot der Herzog an, sicherlich nicht ohne Hintergedanken. Es war wahrscheinlich, dass der Überbringer dafür etwas fordern konnte und wenn es nur freies Geleit aus der Niedermark war!
Der Herzog wusste um dieses Tauschmittel, dessen Möglichkeiten gar nicht abzusehen waren. Er konnte die Ork befehligen und ihnen immer diesen heiligen Knochen unter die Nase halten. Er sah den Freiherren gespannt an.
"Ich glaube, dass ich das allein in die Hand nehmen kann", erwiderte Arnulf neutral. Dem Herzog gefiel das nicht, aber er

hatte im Augenblick nicht genug Männer um Arnulfs Trupp zu überwältigen.
"Wie sieht es nun aus, mit eurem Familienerbstück", fragte Arnulf, der sich nun schnell
Von diesem Mann trennen wollte.
Der Herzog machte eine auffordernde Geste und lächelte, als verstand er warum der Freiherr es jetzt eilige hatte.
Arnulf öffnete seine Satteltasche und hielt das Stück in die Höhe. Er sah eine gierige Ungeduld in dem Mann wachsen. Schnell warf er ihm das Teil entgegen. Der Herzog fing es überrascht auf und betrachtete es. Er seufzte leise. Für den Freiherren hatte er allerdings keinen freundlichen Blick übrig.
Arnulf wusste, dass er nun schnell handeln musste. Der Herzog war nicht der Mann, der sich etwas gern verwehren ließ. Er würde alles wollen!
"Ihr seid Euch im Klaren, dass ich nicht untätig sein werde", sagte der Herzog mit Nachdruck.
"Dann brecht ihr also euer gegebenes Wort, Herzog!"
"Und wenn schon, ihr seid kein gebürtiger Edelmann, Euer Wort zählt hier nichts! Trotzdem danke ich euch für die Familienstücke, die ihr mir zurückgebracht habt. Ich bin im Grunde kein undankbarer Mensch, aber Ihr habt kein edles Blut. Es wird Generationen brauchen bis Ihr zu uns gehört."
Er sah den Mann aus den Bergen überheblich an und lächelte spöttisch.
"Es ist Zeit sich zu verabschieden", stellte Arnulf kühl fest, der langsam die Geduld mit diesem aufgeblasenen Landedelmann verlor. Lächelnd verneigte sich der Herzog kurz und gab seinem Pferd die Sporen. Dessen abseits wartende Begleiter warfen im Vorbeireiten finstere Blicke auf den Freiherren. Trotz allem verfolgten die Männer ihn vorerst nicht.

"Wie ist es mit diesem aufgeblasenem Kerl gelaufen", fragte Angus interessiert. Arnulf winkte ab.
"Er ist kein Mann von Ehre", antwortete Arnulf.
"Wir müssen uns darauf vorbereiten heute Nacht überfallen zu werden!"
"Dann sollten wir unser Lager verlegen", sagte der Herold. Und sah sich schon nach seinen Begleitern um.
Sie warteten bis die Sonne hinter dem Horizont des flachen Landes versunken war und sammelten leise ihre Sachen zusammen. Die Pferde an den Zügeln führend schlichen sie davon. Arnulf hatte einen kleinen Hügel gesehen, auf dem sie die Nacht verbringen wollten. Von dort konnten sie die Annäherung eines eventuellen Feindes am ehesten bemerken.
Sie hatten ihr Lager noch nicht errichtet, als einer der Männer ein Zeichen gab. Es war jemand hier in der Umgebung.
Leise wurden die Schwerter gezogen. Arnulf hatte seinen Bogen zur Hand.
"Orks", rief der Herold halblaut.
Zwei vernarbte Orkkrieger standen plötzlich vor ihrem Lager. Der Herold musste Karls davon abhalten, sie zu töten. Es war offensichtlich, dass sie als Unterhändler gekommen waren.
Karls, der sich drohend vor ihnen aufgebaut hatte, war nun ebenfalls klar, dass er nicht irgendwelche Orks vor sich hatte. Sie waren Veteranen. Abwartend sahen sie ruhig auf den Riesen vor sich, der seine Streitaxt in der Hand pendeln ließ.
Die filzigen Haare hingen von ihren Köpfen herab. Aus ihren Augen sprach die Ruhe der erfahrenen Krieger.
"Du, großer Bulle, sag deinem Herren, Gwond bereit für ein Schwatz unter Kriegern!"

Sie sahen Karls auffordernd an, während sich ihre Muskeln unruhig unter der Haut bewegten, als wollten sie ihn im nächsten Augenblick anspringen.
Der Freiherr senkte seinen Bogen. Mit gemessenen Schritten kam er langsam heran und stellte sich dicht vor die Unterhändler.
Die beiden Orks verneigten sich leicht vor ihm.
"Was wollt ihr in meinem Lager", fragte er scharf. Das gehörte aber nur zum Spiel.
"Du hast den Gegenstand gefunden, der uns vor langer Zeit gestohlen wurde!"
Der etwas kleinere Ork war der Sprecher. Er hatte ein furchtbar schartiges gelbes Gebiss.
"Vielleicht habe ich etwas gefunden, vielleicht auch nicht. Wer sagt mir, das es auch eurem Clan gehört und nicht einem von den hohen Bergen?"
"Wir sind in Frieden gekommen", antwortete der Ork etwas ärgerlich. Damit wollte er wohl andeuten, dass sie sich im Notfall diesen Schatz auch mit Gewalt holen würden.
"Wir wollen keinen Streit mit dir anfangen! Wir bitten dich nur, uns dieses heilige Stück zurückzugeben. Unser General Gwond hält euch für einen aufrichtigen Menschen."
Die beiden Orks waren jedoch nicht dieser Meinung, vermutete Arnulf.
"Was könntet ihr mir für solch einen großen Schatz schon anbieten?"
"Warum sollen wir dir etwas für unser Eigentum geben, Mensch?"
"Weil ich es gefunden habe und es jetzt mir gehört!"
"Wir könnten leicht dein Lager niedermachen und den heiligen Knochen uns nehmen", sagte der Ork etwas gereizt. In diesem Augenblick hatte der Freiherr die Ahnung, das weitere Orks ganz in der Nähe waren und dieses Palaver verfolgten.

"Warum muss ich mit einem Boten sprechen, wo ist Gwond? Er ist bestimmt etwas schlauer als ihr beiden!"
Arnulf sah wie die Hände der Orks sich zu ihren Waffen tasteten, denn das war doch für sie eine Beleidigung. Doch sie hatten ihre Befehle.
Etwas, was man schwer als lachen interpretieren könnte, erklang hinter den Orks. Im nächsten Augenblick tauchte ein wirklich großer Ork wie aus dem Nichts aus. Hinter Arnulf wurden augenblicklich die Schwerter gezogen.
Der riesige Ork grinste den Freiherren an, den er sicherlich mit einem Schlag in die ewige Dunkelheit schicken könnte.
"Du kennst die Orks gut", sagte Gwond, der Orkgeneral. "Und die Orks kennen dich! An unseren Feuern werden viele Geschichten über dich erzählt!"
"Ich hoffe, es sind auch ein paar Gute dabei", antwortete Arnulf diplomatisch.
Der Orkgeneral lachte kurz. "Du bist vielleicht nicht der stärkste der Menschenkrieger, aber ein sehr listiger und weitsichtiger General. Das ist viel besser."
Gwond taxierte Karls. "Du wärst ein würdiger Krieger, gegen den ich kämpfe könnte", sagte er zu dem Hünen mit den Tätowierungen auf dem Kopf. Er knuffte Karls fast freundschaftlich. Der erwiderte den Blick finster.
"Aber heute nicht. Heute ist ein Tag zum Verhandeln! Der General möchte etwas von uns und wir möchten etwas von ihm."
"Was möchtest du von den mächtigen Orks, wenn wir tauschen", fragte der Orkgeneral Arnulf etwas überrascht. Dann grinste er wissend. Das sah für menschliche Maßstäbe nicht sonderlich schön aus.
"Was könntest du mir anbieten", fragte der Freiherr zurückhaltend.

"Du willst nicht unsere Waffen, du willst nicht unsere Schätze. Ich weiß, dass ihr Menschen sagt, wir können nicht so gut schmieden. Vielleicht habt ihr auch Recht dabei. Aber ich weiß was ihr jetzt unbedingt braucht!"
Er sah den Freiherren über das ganze Gesicht grinsend an. Dann hob er seine Faust.
"Ihr braucht die Klingen und Fäuste der Orks um zurück zu euren Bergen zu kommen!"
"Und die werden wir bekommen?"
Gwond nickte heftig.
"Lass es mich sehen"; sagte er leise, mit kaum unterdrückter Ungeduld
"Wir haben einen Pakt?" Arnulf sah den riesigen Ork abwartend an.
"Wir haben einen Pakt!" Er hatte mehr Vertrauen zu dem Wort des Orks, als dem des Herzogs.
Arnulf nahm langsam das Bündel und öffnete es ein Stück. Der Ork wollte sofort danach greifen, aber zog seine Pranke sofort zurück. Er wollte Größe zeigen bei der Verhandlung. Aber eine verräterische Träne glänzte doch in seinem Augenwinkel, als er das Artefakt sah.
"Du weißt sicherlich, dass du von Kopfgeldjägern verfolgt wirst?"
Arnulf verneinte etwas überrascht.
"Das sind wirklich fürchterliche Krieger. Aus ganz anderem Holz als dieser Herzog!"
Er sah irgendwie beinahe besorgt aus, jedenfalls interpretierte Arnulf dessen Blick so.
"Was sind das für Männer?"
"Sie fahren mit Wagen vor denen zwei Pferde sind. Sie sind verdammt schnell!"
"Wie viele?"

Arnulf ärgerte sich, dass er jetzt erst davon erfuhr. Er könnte den Bergen schon ein erheblichen Stück näher sein. Dieser Herzog hat ihn nur Zeit geraubt. Vielleicht war das ja auch das Ziel gewesen.
Er hielt diesen Knochen, oder was immer es auch war, Gwond hin.
Er nahm es ganz vorsichtig in seine Pranke, man hätte denken können es sein ein neugeborenes, das er dort hielt. Ein glückliches Glucksen kam aus dem Munde des Orkgenerals.
Dann war er mit seinen Orks jedoch plötzlich verschwunden und der Trupp stand wieder allein in der Ebene.
Ging es wirklich noch um den Waffenmeister und den Schatz?
Er würde es spätestens Morgen erfahren.

Arnulf weckte die Männer schon lange vor dem Morgengrauen.
Hier auf dem Hügel hatten sie zu wenig Schutz vor Männern mit schnellen Wagen.
Vor den Leuten des Herzogs hatte er nicht so viel Respekt. Aber sie waren zwischen zwei Feinden und einem unsicheren Verbündeten gezwängt. Sie brauchten dringend Platz!
Die Orks begleiteten sie in einiger Entfernung.
Arnulf verließ den Weg nach Walmsberg. Unter keinen Umständen würde er dort durchziehen.
"Das kostete uns Zeit", gab Karls leise zu bedenken. Arnulf nickte.
"Ich habe erfahren, dass wir von Kopfgeldjägern verfolgt werden. Selbst wenn das nicht stimmen sollte, wird der Herzog jedem hier Kund getan haben, das es etwas zu holen gibt bei uns! Ganz Walmsberg wird uns erwarten!"
Karls nickte verstehend.
"Deine Idee war auch wirklich zu blöd", sagte er. "Wir hätten das alles ruhen lassen sollen. Die Vergangenheit zu wecken bringt nie gutes ans Tageslicht."

"Es muss einen Schlussstrich geben, damit die Länder wieder zur Ruhe kommen! Vielleicht gibt es dafür ein paar Jahre Frieden."
Arnulf klang aber nicht sehr überzeugt von seinen eigenen Worten.
"Kann man den Orks trauen", fragte der Herold von hinten. Er hatte wieder einmal mitgehört. Mit offenen Gesicht sah er die Männer an.
"Dem Wort Gwonds müssen wir trauen, sonst werde wir die Berge nie wieder sehen", erwiderte Arnulf ruhig.
Angus schüttelte energisch den Kopf.
"Einem Ork werde ich nur trauen wenn er tot ist!"
Verhaltenes Gemurmel antwortete ihm. Es klang nach Zustimmung.
"Er ist jetzt zu dieser Stunde unser Verbündeter", mahnte der Freiherr. "Und ein mächtiger Verbündeter!"
Sie mussten einen großen Umweg wählen, das kostete sie Zeit. Die Nachhut hatte noch niemanden auf Streitwagen erkennen können.
Aber Arnulf vertraute auf die Orks. Warum sollten sie ihn anlügen.
Wenn sie die paar Männer aus den Bergen überfallen wollten, konnten sie das überall und zu jeder Zeit machen.
Sie ritten langsam einen Weg entlang, von dem sie annahmen das er um die Stadt führen würde.
Arnulf bemerkte, dass der Waffenmeister zu ihm aufschloss.
Melnius sah besorgt aus.
Der Freiherr gab den anderen ein Zeichen weiter zu ziehen.
"Was bedrückt dich", fragte er den Mann.
"Ich halte das für keine gute Idee weiter mit Euch zu reiten", sagte Melnius und sah in die Ferne.
"Inwiefern?"
"Ich werde euch nur noch mehr Ärger und vielleicht den Tot bringen. Das ist nicht meine Absicht." Er sah den Freiherren aufrichtig an.

Für Arnulf klang das zwar merkwürdig, aber ehrlich.
"Du wirst mir doch zustimmen, dass ich am Hofe des Königs kein langes Leben erwarten kann", fuhr er fort.
Darüber hatte auch der Freiherr schon einige Male nachgedacht. Der Sinn ihres Unternehmens war ein sehr fraglicher. Der König wollte gern an seinem Hof jemanden haben, dem er vorbehaltlos trauen konnte. Auch das war Spekulativ. Melnius konnte sich ebenso gut auf die Seite der Königin stellen, wenn ihm das vorteilhafter erschien.
"Wie wollten wir das in Gegenwart des Herolds bewerkstelligen?"
Der Waffenmeister hob die Schulter.
"Ich werde mit ihm reden." Abwartend sah er den Freiherren an. Der Herold würde sicherlich nicht mit dem Waffenmeister reden wollen.
"Wohin willst du dann gehen?" Arnulf erwartete darauf keine Antwort.
"Zum Eichgrund", sagte er leise.
"Das Mädchen hat es dir etwa angetan?" Arnulf sah etwas überrascht aus. Er begann zu verstehen.
"Ich werde mit dem Herold reden", sagte er schließlich.
"War dann alles umsonst für euch", fragte Melnius betroffen.
"Was mich betrifft auf keinen Fall", antwortete der Freiherr. "Ganz im Gegenteil. Ich würde gern mit dem Herren von Eichgrund in Verbindung bleiben, verstehst du?"
Der Waffenmeister verstand den Sinn zwar nicht, nickte aber.
"Wir sind ziemlich isoliert in den Bergen, jedenfalls für meine Begriffe. Das ist es, was mich bewegt. Unsere Herrscher sind zu sehr mit sich selbst beschäftigt. Wir sollten Handel treiben mit den flachen Landen, das ist meine Meinung. Deshalb wäre mir hier ein Handelsposten ganz genehm."
Der Waffenmeister starrte ihn eine Weile an.

"Das wird mit den hiesigen Adligen nicht einfach werden."
"Was ist schon einfach im Leben?"
"Darum könnte ich mich dann kümmern? Deinen Handelsposten leiten?"
"Natürlich unter einem anderen Namen", sagte Arnulf grinsend. Ihm gefiel es, das Melnius so schnell die Idee begriff.
"Du meinst ich schneide mir die Haare ab und das alles?" Der Freiherr nickte.
"Du wirst zum richtigen Zeitpunkt sterben und wir werden dich unter Tränen vor aller Augen beerdigen. Ich glaube das wird schneller gehen, als wir uns das vorstellen können."
"Du meinst diese Kopfgeldjäger?"
Arnulf nickte nur. Es könnte die einzige Gelegenheit sein auf dem Weg zu den Bergen. Die mussten sie nutzen.
In der Ferne konnten sie etwas später diese Streitwagen schon mit dem bloßen Auge sehen. Die Orks hatten nicht gelogen. Sie waren anfangs noch kleine Flecke die Staubwolken hinter sich herzogen. Doch diese Flecke wurden in einem beängstigenden Tempo größer. Arnulf würde gern ein paar Bäume um sich herum haben. Doch bis auf einige verstreute krüpplige Apfelbäume bot sich kein weiterer Schutz an.
Das Tempo der Wagen musste enorm sein. Einige Orks die sich in den Weg stellten, wurden von rotierenden Klingen die an den Rädern befestigt waren einfach zerfetzt. Ihre Schilde flogen zerschlagen im hohen Bogen zur Seite. Das konnten sie bald mit den bloßen Augen erkennen.
Melnius spannte seinen Bogen. Sein Pfeil blieb in dem Wagen stecken, der im rasenden Tempo weiter auf sie zukam.
Weitere Pfeile deckten die heran fegenden Gespanne ein. Ohne sichtbares Ergebnis.

Sie sprangen auf die Pferde und versuchten zu fliehen. Die Verfolger waren aber schon sehr dicht heran.
Inzwischen hatten die Orks lange Lanzen in den Boden gerammt und einige Baumstämme dahinter auf den Boden geworfen.
Sie warteten hinter einem Schildwall und machten sich mit Kriegsgeschrei Mut.
Arnulf zügelte sein Pferd, ebenso der Waffenmeister.
"Das wird die beste Gelegenheit sein, die du haben wirst", rief Arnulf zu dem Reiter neben sich. Der nickte und gab seinem Pferd die Sporen.
Die Streitwagen hatten die Orks erreicht. Ein Wagen sprang hoch in die Luft an der Baumsperre und zerschmetterte bei dem Aufprall. Orks stürzten sich sofort auf die Insassen. Blut spritzte, auch einige Orks verloren bei diesem Kampf ihr Leben.
Die nächsten Wagen umfuhren geschickt die Hindernisse und die jeweils zwei Bogenschützen beschossen nun die Orks. Die wichen zur Seite und ließen die Wagen vorbei, um von hinten ihre Speere zu schleudern. Ein Gespann fuhr eine sehr enge Kurve und attackierte nun seinerseits die Orks wieder.
Melnius ritt in vollem Galopp auf den vorderen Kampfwagen zu. Er hatte zwei schwere Wurfmesser in der Hand.
Beide Messer trafen in den Hals der Tier trotz der Rüstung die den Pferden aufgelegt war. Es bäumte sich im Todeskampf auf. Der Kampfwagen neigte sich zur Seite und überschlug sich. Die Krieger flogen schreiend im hohen Bogen aus dem Wagen und wurden nun ebenfalls Opfer der Orks.
Die verbliebenen Kampfwagen fuhr eine enge Kurve und versuchte zu fliehen. Sie wurden von einem Pfeilhagel verfolgt. Einer der Wagen wurde schließlich Opfer eines Feldsteins an dem ein Rad des Wagens zerschmetterte. Die Pferde zogen den Wagen in ihrer panischen Angst noch ein ganzes Stück weiter bis sie erschöpft

stehen blieben. Es dauerte nicht lange bis die Orks in einem Wettrennen die Kopfgeldjäger erreichten und mit triumphierenden Geheul töteten.
Die überlebenden Kopfgeldjäger wendeten ihre Gefährte wieder und stießen einen trotzig, wütenden Schlachtschrei aus.
Die Orks antworteten mit einem machtvollen Kriegsruf, den man noch sehr weit hören konnte.
Melnius wagte einen Blick über die Schulter. Der Freiherr mit seinen Männern war schon weit entfernt und versuchten Abstand zu dem Kampfplatz zu bekommen.
Das war seine Gelegenheit! Der Waffenmeister ritt im langsamen Tempo in die entgegengesetzte Richtung.
Die Orks wehrten einen weiteren Angriff erfolgreich ab.
Niemand nahm Notiz von ihm.

"Wo ist der Waffenmeister", fragte der Herold später und sah sich suchend nach ihm um. Er wirkte etwas unruhig. Sicherlich sollte er den Mann eigentlich zum Sonnenfeld zurückbringen.
"Das Glück hat ihn verlassen. Wenn ich mich nicht täusche wurde er von einer Lanze getötet", sagte Arnulf und sah dem Herold offen ins Gesicht.
"Dann war alles umsonst", fragte Karls deprimiert.
"Nicht ganz", sagte Arnulf und wies auf den leise klappernden Sack der an seinem Sattel geschnürt war. Jeder von ihnen hatte so einen Sack bei sich, auch wenn klar war, dass sie die Säcke dem König überbringen mussten.
Der würde dann mit einigen Landesfürsten Kontakt aufnehmen und ihnen etwas von ihrem Eigentum zurückgeben. Natürlich nur, wenn er das über sich brachte, wenn er schlau war. Das wäre Diplomatisch sehr klug von ihm.

"Wollen wir hoffen, dass sich der König damit zufrieden gibt", erklärte der Herold säuerlich. Er glaubte dem Freiherren nicht, hatte aber keinen Grund das öffentlich zu machen.
Sie hatten an diesem Abend noch Walmsberg umgangen und sahen in der Ferne die Lichter von Brandenhagen. Dahinter in der Ferne, reckten sich die Berge der Hohen Seite von Bergisch-Bachland in den Himmel. Sie sahen trotz der Entfernung schon fast zum Greifen nahe aus, waren jedoch noch zwei Tagesreisen entfernt.
Die Männer hätten gern in einem Gasthaus übernachtet, aber der Freiherr ließ sie in einer Senke kampieren. Sie hatten den Luxus eines kleinen Baches für sich.
Gwond gesellte sich in der Nacht zu Arnulf und sie beiden tauschten sich leise aus.
"Du hast einen Mann absichtlich hinter dir gelassen?"
"Er lebt doch noch, oder?"
"Ja er lebt und hat die Richtung eingeschlagen aus der ihr gekommen seid."
"Tu mir den Gefallen und lass ihn ziehen."
Gwond grinste soweit man das von einem Ork sagen konnte. "Wir haben keinen Streit mit ihm. Das ist so eine Menschengeschichte, die kein normal denkender Ork verstehen wird."
"Du sagst es", stimmte Arnulf ihm sogleich zu.
"Wir haben tapfer an eurer Seite gekämpft", sagte Gwond herausfordernd.
"Ihr habt uns tapfer geschützt. Ich habe Helden gesehen", erwiderte der Freiherr diplomatisch. Der Anführer der Orks lachte leise.
"Du findest immer die richtigen Worte."
"Ich wünschte es wäre so", gab Arnulf zurück.
"Morgen werden wir auseinander gehen", sagte Gwond und sah dem Mensch vor sich fest an.

"Werden wir als Freunde auseinander gehen?"
Was sollte Arnulf sagen? Kann man Orks als Freunde haben? Will man Orks als Freunde haben?
"Wir sind ein Stück des Weges gemeinsam gegangen. Lass keine Lüge zwischen uns wachsen, wir gehen mit Respekt auseinander", erklärte er dem riesigen Ork. Der nahm das als einen Freundesbeweis und schlug dem Freiherren für seine Verhältnisse sanft auf den Rücken. Arnulf taumelte etwas und lächelte dann. Dann verschwand Gwond in der Dunkelheit.
"Respekt, ja Respekt ist gut", sprach der Ork vor sich hin und lachte leise. Dann hatte ihn die Dunkelheit aufgesogen.
Karls tauchte neben ihm auf. "Probleme?"
"Keine", antwortete Arnulf knapp. Er fühlte sich jetzt erschöpft.
"Du hast den Waffenmeister wirklich ziehen lassen?"
"Das ist das einzig vernünftige, was wir machen konnten", sagt Arnulf zu seinem Freund. "Er hätte bei Hofe kein langes Leben vor sich und wem würde das nützen?"
"Was willst du dem Alten erzählen?" Der Alte war natürlich der König, bei dem er selbst eine Zeit lang gedient hatte, als Söldner.
"Ich werde sagen, dass er von Kopfgeldjägern am Ende getötet wurde. Als Trost wird er etwas Gold und Silber erhalten. Dann wird er Melnius schnell vergessen."
Karls kicherte. "Damit war das ganze Schauspiel umsonst!"
"Nicht für mich", antwortete Arnulf mit einem Lächeln. "Vielleich habe ich einen Verbündeten mit einer Burg hier in der Niedermark. Das wird sich noch zeigen. Umsonst auch nicht für Melnius, er hat eine zweite Chance."
Karls lachte etwas lauter. "Du bist ein ganz durchtriebener Geselle! Aber ich könnte mir vorstellen, dass der König das anders sieht." Er würde ihn für einen Verräter an seiner Sachte halten. In anderen Kategorien dachte Wulfenghar nicht oder sehr selten.

"Das kann ich dann nicht ändern."
Brandenhagen lag bald hinter ihnen. Von dort konnten sie die Hohe Seite von Bergisch-Bachland nun schon viel besser sehen. Dichte Wolken hüllten die grauen Berggipfel ein. Dort oben würde es wohl gerade regnerisch und kalt sein.
Bald würde die Ebene von Ylsten endlich hinter ihnen liegen, wenn es keine Zwischenfälle gab.
Sie mussten nur noch eine halbe Stunde Glück haben.
Arnulf atmete auf, als die ermatteten Pferde den Grenzweg erreichten. Bergisch-Bachland hatte sie wieder!
Der Tag ging jedoch zur Neige.
Bis zum alten Jagdschloss würden sie es vor der Nacht auf keinen Fall schaffen. Arnulf beschloss in Tannenbach zu übernachten. Von dort würden sie nur noch einen knappen Tag brauchen.
Das Gasthaus "Zum roten Hahn" war fast leer, was Arnulf begrüßte. Sie wurden von nur wenigen Augen gesehen. Das konnte nur von Vorteil sein.

Nach einer ruhigen Nacht, waren sie wieder früh auf den Beinen. Arnulf fragte den Wirt, ob diese Nacht Fremde durch das Dorf gekommen waren. Der verneinte.
Es wäre jetzt unangenehm, wenn Reiter mit Hagenars Farben hier in der Nähe von Tannenbach wären.
Sie bestiegen eilig ihre Pferde und machten sich auf den Weg nach Haus.
Kurz vor der Mittagszeit trennten sie sich vom Herold.
"Ich weiß nicht, was ich dem König berichten soll", sagte er zum Freiherren und sah ihn hilfesuchend an. Er wollte von ihm eine gute Geschichte bekommen, die er dem Herrscher erzählen konnte.

"Sag ihm die Wahrheit, wir haben Melnius verloren. Du kannst ihm auch sagen, dass wir von Kopfgeldjägern verfolgt wurden. Ich bin mir nicht sicher, ob sie nicht sogar von ihm geschickt wurden. Vielleicht bereut ja unser König einige seiner Taten?"
Der Freiherr spielte damit auf seine neue Stellung in der Gesellschaft an. Der Herold warf ihm einen irritierten Blick zu.
"Das glaubst du doch nicht wirklich?"
"Ich weiß im Augenblick nicht, was ich glauben kann und soll", antwortete Arnulf ernst.
Der Herold verabschiedete sich und führte seine Männer bergauf den Weg zum Sonnenfeld. Er würde in einige Stunden den Berg überquert haben und bald darauf die Burg des Königs erreichen.
Arnulf erreichte erst tief in der Nacht die Kreuzung auf dem Grenzweg, die zu seinem Schloss führte und in die andere Richtung nach Ylsten. Er fühlte etwas wie Wärme in sich. Er hatte es tatsächlich wieder hierher geschafft!
Karls wollte noch einige Tage bleiben und dann weiter ziehen. Es wurde Zeit, dass er wieder einmal ein richtiges Meer sah, behauptete er. Er hatte einen wehmütigen Ausdruck in den Augen.

Sie erreichten das baufällige Schloss und richteten sich schnell ein. Sie alle waren müde und abgespannt.
Arnulf ließ drei Tage verstreichen, bis er endlich aufbrach, um seinem König zu berichten. Er nahm Trömso mit als Begleitschutz, hatte er doch einige Schätze für den König dabei. Damit wollte er ihn etwas besänftigen. Er wusste aber schon im Voraus, dass er mehr verlangen würde.
Der alte Knabe war sicherlich schwer enttäuscht, dass er seinen Waffenmeister nicht widerbekam. Das war schon schlimm genug für ihn.

Sie nahmen den längeren Postweg. So konnte der Freiherr sich ein Bild machen, was für Volk hier unterwegs war. Er hätte auch Wege durch den Wald nehmen können, doch es sollte nicht zu schnell gehen. Die Spione des Königs könnten dann berichten, dass er kam. Die nächste Nacht verbrachte er beim Vogt. Der war erfreut, dass der Freiherr wieder im Land war. Neuerdings witterte er überall Verschwörungen. Er fürchtete sogar Überfälle auf Bergisch-Bachland. Arnulf pflichtete ihm bei. Die Zeiten würden unruhiger werden.

Beim König

König Wulfenghar sah ihn mit müden Augen fragend an. Arnulf glaubte, dass man ihn aus einem unruhigen Schlaf gerade geweckt hatte. Er beneidete ihn nicht. Umso schlimmer war es, dass sein Waffenmeister nicht zurückgekehrt war. Er bot dem zurückgekehrten Freiherren nichts an.

"Er ist also nicht zurückgekommen", stellte er stattdessen fest, nachdem er Arnulfs knappen Bericht gehört hatte.

Man konnte seinem Gesicht nicht ansehen, was er dachte oder fühlte. Arnulf wusste natürlich sofort, dass er den Waffenmeister meinte. Auf ihn hatte der König immer große Stücke gehalten.

Der Freiherr musste seinem Herrscher zustimmen.

"Dann hast du also versagt, wieder einmal", stellte der König mit Enttäuschung fest. Der ehemalige Fährtensucher vor ihm nickte. Er konnte nicht glauben dass die Enttäuschung echt war. Der König war nicht dumm.

"Ich habe großes Vertrauen in dich investiert, dir so viel Gnade gewährt. Aber was bekomme ich von dir zurück - nichts! Ist das jetzt deine Art, mir zu danken? Ist dir das alles zu Kopfe gestiegen?"

Der Vorwurf kam nicht unerwartet. Arnulf befand sich jedoch nicht für schuldig, er hatte dem König schon etliche Gefallen getan und ihm den Thron erhalten.
"Du bekommst sehr wohl etwas zurück. Das wird dich gewiss entschädigen. Dich und deine Königin!"
Der alte König sah ihm ob des Widerspruchs etwas irritiert an. Seine Augenbrauen zogen sich zusammen. Er war kurz davor wütend zu werden. So sollte sein Untergebener nicht mit ihm umspringen!
Arnulf ließ mit einer Handbewegung eine Truhe von seinen Männern hereintragen. Trömso folgte am Schluss und ließ seine Augen wachsam und etwas nervös umherschweifen.
Er wurde vom König nicht einmal erkannt. Für ihn war er bloß ein weiterer Soldat.
Mit einem dumpfen Geräusch stellte die Männer die Truhe vor dem König ab.
Umständlich öffnete ein Soldat das Vorhängeschloss und hob langsam den schweren Deckel. Die Kiste hatte Arnulf eigens für diesen Moment anfertigen lassen. In den Deckel hatte er einen Spiegel einbauen lassen, der tatsächlich den Transport überlebt hatte.
Und er verfehlte seine Wirkung nicht.
Gebannt schaute der König auf die glitzernden Schmuckstücke. Seine Finger irrten von einem Stück zum anderen. Er war wie in einem Traum gefangen.
Es dauerte eine Weile bis der Herrscher über Bergisch-Bachland sich wieder faste.
"Was, ist das alles, wo kommt das her?" In seiner Stimme schwang gewollt Enttäuschung mit. Doch dahinter hörte man die Gier.
"Das ist ein Teil der Beute der SchwarzRoten, den wir mithilfe eures Waffenmeisters gefunden haben. Wenn ihr König und Staatsmann

seid, gebt ihr euren Nachbarn das zurück, was sie damals verloren hatten", riet Arnulf eindringlich. Er sah den Herrscher abwartend an, denn er glaubte nicht, dass er so viel Weitsicht an den Tag legen würde.
"Sag du mir nicht, wie ich mit meinem Schatz umgehen soll", fauchte ihn sein König geradezu an. Er würde sich auf keinen Fall etwas von einem Freiherren vorschreiben lassen! Seine Nachbarn waren ihm ohnehin egal.
"Das würde euer Ansehen aber beträchtlich erhöhen!"
"Was weißt du schon von Ehre und Respekt?" Der alte Herrscher schien müde zu sein.
Arnulf überlegt indessen, wie der König reagiert hätte, wenn er mit völlig leeren Händen gekommen wäre.
Hätte er ihn ins Verließ geworfen? Schlimmer wäre es jedoch, wenn er in Königin Sylvias Hände gefallen wäre.
Aber das konnte sich sein König gar nicht leisten. Die Anzahl seiner Verbündeten war in letzter Zeit sehr überschaubar geworden. Und er war den größten Teil des Tages damit beschäftigt den Intrigen seiner Königin und seines Bruders auszuweichen.
"Das ist also am Ende alles, was du mir bringst", fragte der König schließlich den Freiherren noch einmal. Er wirkte äußerst unzufrieden. Sein Blick war wie der eines kleinen Jungen, der sich schon lange auf ein Geschenk gefreut hatte und es nun nicht bekam.
"Das ist alles, was wir bisher ausfindig machen konnten!" Arnulf sah seinem König gerade in die Augen. Er war sich nicht bewusst, seinem König etwas versprochen zu haben.
Sie beide wussten, dass dies nicht stimmte. Arnulf sah das dem König an.
"Ich brauche mehr, mein Bruder plant schon wieder mich zu stürzen."

Der König konnte weder fordern noch drohen, wenn er nicht seine letzten Verbündeten verlieren wollte.
"Dann lass deinen Vogt weiter suchen. Er steht treu an Eurer Seite", schlug Arnulf vor. Er hatte nicht vor, schon wieder für seinen König in die Ferne zu ziehen! Und schon gar nicht, mit Schatztruhen durch die Welt zu reisen.
"Du stehst also nicht mehr an meiner Seite", stellte der König sofort fest. Er verlor kein Wort darüber, dass dies ein dreister Widerspruch war.
Arnulf machte eine abwehrende Bewegung, sagte aber nichts.
Er würde jetzt auf keinen Fall schon wieder losziehen, egal was Wulfenghar von ihm verlangte. Er wollte sich endlich wieder um seinen Landstrich an der Grenze kümmern. Das Land hatte ihm der König für einen besonderen Dienst überlassen und musste auch gehegt und gepflegt werden.
Trömso hatte seine Männer wieder aus dem Raum befördert. Er wollte nicht Zeuge sein, bei dieser Unterhaltung. Das könnte unter Umstände für ihn böse Folgen haben!
Arnulf folgte ihm schon bald darauf. Er lächelte den Kommandanten der Grenzwarte kurz an und stieg auf sein Pferd.
Er hatte hier seine Angelegenheiten erledigt, auch wenn der König das vielleicht etwas anders sah.
Der Freiherr atmete erst auf, als er den Pfad im Wald erreicht hatte und die große, düstere Festung hinter ihm nicht mehr zu sehen war.
Sollte der König doch selbst mal etwas in die Hand nehmen.
Es wurde wirklich Zeit einmal wieder im eigenen Bett zu schlaf

Bisher in der Reihe Arnulf -Geschichten aus Bergisch-Bachland

erschienen:

Das erste Abenteuer – Der Rhunyx

Das zweite Abenteuer – Die Steinernen

Das dritte Abenteuer – Das weiße Fohlen

Das vierte Abenteuer -- Die Bardin

Das fünfte Abenteuer – Der Baumeister

Das sechste Abenteuer – Die Untoten

Mehr auf

Amazon.de

Printed in Poland
by Amazon Fulfillment
Poland Sp. z o.o., Wrocław

78303350R00085